*William Shakespeare*

新译 莎士比亚全集

THE COMEDY
OF ERRORS

【英】威廉·莎士比亚—— 著

傅光明—— 译

错误的喜剧

天津出版传媒集团
天津人民出版社

图书在版编目(CIP)数据

错误的喜剧 /(英)威廉·莎士比亚著；傅光明译. -- 天津 : 天津人民出版社, 2023.11
（新译莎士比亚全集）
ISBN 978-7-201-19793-7

Ⅰ.①错… Ⅱ.①威… ②傅… Ⅲ.①喜剧—剧本—英国—中世纪 Ⅳ.①I561.33

中国国家版本馆CIP数据核字(2023)第185745号

## 错误的喜剧
CUOWU DE XIJU

| 出　　版 | 天津人民出版社 |
|---|---|
| 出 版 人 | 刘　庆 |
| 地　　址 | 天津市和平区西康路35号康岳大厦 |
| 邮政编码 | 300051 |
| 邮购电话 | (022)23332469 |
| 电子信箱 | reader@tjrmcbs.com |
| 责任编辑 | 李佳骐 |
| 装帧设计 | 李佳惠　汤　磊 |
| 印　　刷 | 河北鹏润印刷有限公司 |
| 经　　销 | 新华书店 |
| 开　　本 | 880毫米×1230毫米　1/32 |
| 印　　张 | 5 |
| 插　　页 | 5 |
| 字　　数 | 100千字 |
| 版次印次 | 2023年11月第1版　2023年11月第1次印刷 |
| 定　　价 | 48.00元 |

版权所有　侵权必究
图书如出现印装质量问题，请致电联系调换(022-23332469)

# 目录

剧情提要 / 001

剧中人物 / 001

错误的喜剧 / 001

《错误的喜剧》：一部轻快笑闹的滑稽戏　傅光明 / 121

# 剧情提要

以弗所和叙拉古这两个敌对城市各自下令,双方不准商贸往来,违者依法处死,除非筹足一千马克赎金。故事发生在以弗所。

二十多年前,叙拉古商人伊秦常航海去埃比达米乌姆做生意,婚后和妻子艾米丽娅生下一对孪生子[即叙拉古的安提福勒斯(以下简称叙安)和以弗所的安提福勒斯(以下简称以安)]。同一时间、同一旅店,一个贫贱女人也生下一对双胞胎[即叙拉古的德罗米奥(以下简称叙德)和以弗所的德罗米奥(以下简称以德)]。伊秦将两个婴儿买下,打算养大后,侍候两个儿子。一家人还乡返航,遇风暴被分开,伊秦和叙安、叙德在一起,艾米丽娅本和以安、以德在一起,后又被分开。艾米丽娅后成为修女院院长,以安后被以弗所的公爵收养,以德一直跟随以安。

很多年后,叙安为寻找母亲和兄弟离开家乡,又过了几年,伊秦也出门寻找亲人,准备返乡时来到以弗所,因违反了当地法律,又因随身财物估价不足一千马克,被判处死刑。

此时，叙安和仆人叙德也来到以弗所。

两个一模一样的安提福勒斯和两个丝毫不差的德罗米奥出现在同一个地方，注定要上演一出好戏。

叙安要叙德把一袋银币拿到人马旅店保管好。结果很快在街上又遇见以德。以德见到叙安，把他当成自己的主人以安，叫他赶紧回家吃晚饭。叙安问钱的事，以德一问三不知，叙安大怒，动手打以德，以德拔腿就跑。以德回到家，向女主人（以安的妻子阿德里安娜）禀告"主人"言行怪异。阿德里安娜命他再去。

叙德把钱在人马旅店存好，来找主人叙安，矢口否认刚才曾来叫过主人回家。叙安以为他故意愚弄自己，动手打他。主仆二人斗嘴之时，阿德里安娜来了。她把叙安当成丈夫，开口便责怪他移情别恋有了外遇。叙安否认，反受阿德里安娜的妹妹露西安娜的责怪。阿德里安娜拉叙安回家吃饭，并吩咐叙德守好家门，谁也别让进。

偏偏这时，以安、以德带着金匠安杰洛、商人巴尔萨泽来到自家门前。结果，家门上锁。以安大怒，要以德去找一根撬棍，他要打进家门。巴尔萨泽劝以安息怒。以安打算跟老婆赌气，要将本想送妻子的那条项链送给豪猪旅店的老板娘。

露西安娜要叙安尽到做丈夫的本分，叙安反而向她求爱。这时，叙德跑来告诉主人，有个胖厨娘相中了自己，非要嫁给他当老婆。叙安感到以弗所到处是女巫，他要叙德赶去港口，找一条船，立刻动身离开此地。

金匠安杰洛把打好的项链交给叙安。叙安惊诧莫名。

以安正准备去金匠家取项链，他先让以德去买根绳子。安杰洛欠商人乙一笔钱,这会儿带着一名官差前来催账。安杰洛一见以安,要他付清项链钱。以安坚持一手交钱一手交货,安杰洛说半小时前刚把项链交给他。由安杰洛指控,官差逮捕了以安。这时,叙德赶来,告诉以安,有条小船正等他们上船,人一到,立刻启航。以安问叙德买绳子的事,叙德一无所知。以安要叙德马上回家找阿德里安娜,尽快把保释金送来。叙德拿到赎金,在街上遇到叙安,便把一袋银币交给他。这时,来了一个妓女,向叙安讨要项链。

以安见仆人以德没取来赎金,却买来一根绳子,大怒,痛打以德。这时,阿德里安娜、露西安娜、妓女和魔法师品奇博士一起来了。阿德里安娜认为丈夫疯了,要品奇给他驱鬼。阿德里安娜说,明明派以德(实为叙德)回家取了赎金。以德说自己一文铜钱儿也没拿,只被派去买一根绳子。品奇断定魔鬼附在这主仆二人身上,必须捆起来,放进一间黑屋子里。不一会儿,叙安、叙德出现在街上,两人手里都拿着剑,众人吓得飞逃。

安杰洛向商人乙发誓,以安拿了项链,却死不认账。叙安、叙德走来,安杰洛一眼认出叙安脖子上戴着那条项链。安杰洛和商人乙指责叙安拿了项链,还赖账。叙安否认。叙安与商人乙正要斗剑,阿德里安娜、露西安娜、妓女及其他一些人赶来,他们要再把叙安和叙德捆起来。叙安、叙德逃进修女院。

阿德里安娜要修女院院长艾米丽娅交出叙安,遭到拒绝。她打算去向公爵控诉。此时,公爵及侍从、刽子手等押着伊秦走来,阿德里安娜上前,要求公爵依法惩办修女院院长。公爵吩咐敲开修女院大门。

这时,以安和以德挣开绑绳,也赶了过来,要公爵主持公道。多年前,以安曾为公爵效过命,并由公爵做主将阿德里安娜嫁给他。现在,他要公爵依法惩办自己的妻子。阿德里安娜申辩,露西安娜为姐姐做证。以安继续控诉,金匠硬说给了他项链,逼他付钱,还带来官差,不给钱就抓人;品奇认定他被魔鬼附身,招呼人把他和仆人捆在一起,丢进地下室,多亏他用牙咬开绑绳。安杰洛和商人乙又联手指控以安,以安一概否认。公爵一筹莫展,深感所有人都喝了迷药。

此时,伊秦开口说话,说以安是自己的儿子安提福勒斯。以安说从未见过父亲。伊秦提及七年前(原文中另一说为五年前)与他在叙拉古分别,以安说他从未去过叙拉古。

当艾米丽娅和叙安、叙德从修女院走出来时,阿德里安娜发现眼前出现了两个丈夫。叙安认出父亲,艾米丽娅认出丈夫。全家团圆,伊秦重获自由。艾米丽娅诚邀公爵进修女院参加欢宴。叙安打算向露西安娜求婚,以安家里那位胖厨娘,将嫁给以德。

# 剧中人物

索利努斯 以弗所①公爵　　　　　　Solinus Duke of Ephesus
伊勤 叙拉古②商人　　　　　　　　Aegeon a merchant of Syracuse
以弗所的安提福勒斯，叙拉古的　　　Antipholus of Ephesus, Anti-
　安提福勒斯 伊秦和艾米丽娅的　　　pholus of Syracuse twin broth-
　双胞胎儿子　　　　　　　　　　　ers, sons to Aegeon and Aemilia
以弗所的德罗米奥，叙拉古的德　　　Dromio of Ephesus, Dromio
　罗米奥 双胞胎兄弟，两个安提福　　of Syracuse twin brothers, atten-
　勒斯的仆人们　　　　　　　　　　dants on the two Antipholuses
巴尔萨泽 一商人　　　　　　　　　Balthazar a merchant
安杰洛 一金匠　　　　　　　　　　Angelo a goldsmith

---

① 这部戏全部剧情发生在以弗所，大部分情节发生在室外公共场所，市场或市场附近。以弗所，公元前10世纪由雅典殖民者建立，是古希腊伊奥尼亚（Ionian）的重要城市、古希腊小亚细亚西岸一重要贸易城市，也是基督教早期最重要的都市之一；今位于土耳其境内。

② 叙拉古，古希腊一城邦，约建于公元前8世纪，即今意大利西西里岛上的城市锡拉库扎。

| | |
|---|---|
| 商人甲 叙拉古的安提福勒斯之友 | First merchant friend to Antipholus of Syracuse |
| 商人乙 安杰洛的债主 | Second merchant to whom Angelo is a debtor |
| 品奇博士 教士兼驱魔者 | Doctor Pinch a schoolmaster and exorcist. |
| 艾米丽娅 伊奏之妻，以弗所修女院院长 | Aemilia wife to Aegeon, an abbess at Ephesus |
| 阿德里安娜 以弗所的安提福勒斯之妻 | Adriana wife to Antipholus of Ephesus |
| 露西安娜 阿德里安娜之妹 | Luciana her sister |
| 露丝 阿德里安娜的仆人 | Luce servant to Adriana |
| 一高等妓女 | A courtezan |
| 监狱长、狱吏、信差、仆人及其他侍从等 | Gaoler, officers, Messenger, Servants and other Attendants |

## 地点

以弗所

# 错误的喜剧

本书插图选自《莎士亚戏剧集》(由查尔斯与玛丽·考登·克拉克编辑、注释，以喜剧、悲剧和历史剧三卷本形式，于1868年出版)，插图画家为亨利·考特尼·塞卢斯。

# 第一幕

# 第一场

## 公爵宫中大厅

[以弗所公爵(索利努斯)、伊秦、监狱长、狱吏及其他侍从等上。]

伊秦　　继续,索利努斯,引来覆灭,
　　　　凭死刑结束我的悲苦和一切。

公爵　　叙拉古的商人,别再争辩,我不会因偏袒你而侵害我们的法律。近来我们老实巴交的商人同胞遭到你们那公爵的恶毒暴行,——只因他们拿不出赎命的金币,就用他们的血来印证他严厉的法令,这敌意和冲突使我在阴沉的神色里,把一切悲悯排除在外。因为,自从你骚乱的同胞与我们发生要命的激烈争斗，叙拉古人和我们自己，双方都在庄严的大会上颁布法令，两个敌对的城市不准商贸往来。不，还有，凡生在以弗所的人在叙拉古的市场、集市露面，反过来，凡生在叙拉古的人来到以弗所海湾，都依法处死，没收随身财物，听凭公爵处置，除非筹足一千马克①，付清罚金、赎回性命。你的财物，按最高估价，一百马克都凑不够，因此，依法判你死刑。

伊秦 　　这下安心了：等您一声令下，
　　　　我的痛苦就像夕阳一样终止。

公爵 　　那好，叙拉古人，简单说说理由，为什么离开家乡，为什么来以弗所？

伊秦 　　硬要我说出难以描述的苦痛，没有比这更令人痛心的差事。不过，为让世人见证，我的死由亲情造成，并非因犯下邪恶之罪，那悲伤容许什么，我就说什么。我生在叙拉古，娶了一个女人，除开我的不幸，她很幸福，若非我们运气坏，她也还在我身边。我和她过得很快乐。我常航海去埃比达米乌姆②，生意红火，家财增多，后来，我的代理人死了，货物没人打理，巨大的牵挂把我从配偶深

---

① 马克(marks)：一种金币，每枚值三分之二英镑。
② 埃比达米乌姆(Epidamium)：也说埃比达姆诺斯(Epidamnus)，伊利库里姆(Illyricum)海岸一港口，今为阿尔巴尼亚第二大城市都拉斯(Durres)。

情的拥抱中拽开。从我离开她,不到六个月,——她在女人承受的令人愉快的惩罚①之下,几乎昏厥——竟做好准备,要随我而来,很快,安全来到我住的地方。在那儿没多久,她就成了有一双漂亮儿子的快乐母亲,说来真怪,这个和那个像极了,分不清谁是谁,只能凭名字。在那同一时间、同一旅店,一个贫贱的女人也生了一对儿孪生子,长得一样。因这俩孩子的父母特别穷,我买下他们,养大,侍候我两个儿子。得了这么两个男孩,我妻子特别开心,成天催我回家。我勉强答应。唉,上船上得太快了!船从埃比达米乌姆驶出一里格②,此前,一向乖顺的大海没给出任何危险的悲剧迹象。但此后,我们就没存多大指望,因为天上那昏暗的光,只给我们惊恐的心灵,送来一份立即死亡的可怕保证。尽管我自己可以欣然拥抱死神,但我妻子不停哭泣,——哭眼前所见必将发生的一切,两个可爱的婴儿可怜地哭泣,——他们不懂什么叫害怕,只是像往常一样哭,这迫使我想法子为他们和自己找寻活路。这就是所发生的——因为没有别的办法——水

---

① 令人愉快的惩罚(pleasing punishment):指怀孕。
② 里格(league):一里格约合三海里。

伊秦　她就成了有一双漂亮儿子的快乐母亲。

手们用我们的救生艇逃生，把我们留在这艘即将沉没的船上。我妻子更疼爱小儿子，就像预防风暴的海员们那样，把他固定在一根备用的小桅杆上，将他和另一对孪生子中的一个绑在一起，同时我把另外两个照样留心绑好。这样把孩子们安置好，我妻子和我，分别把自己固定在桅杆两端，双眼紧盯照顾着孩子。照我们想来，是顺着海流，立刻漂往科林斯①方向。终于，太阳凝望大地，驱散骚扰我们的阴云，在所盼望的阳光的帮助下，海洋渐渐平静，我们发现有两条船快速向我们驶来，一条来自科林斯，一条来自埃皮达鲁斯②。但没等它们靠近——啊！别让我再说了，由我前面所说，能推断出结果。

公爵　不，接着说，老人家，别这样中断。虽说不能宽恕，但我们可以怜悯你。

伊秦　啊！倘若当时众神怜悯我，我现在也不该怪他们残忍！眼见两条船离我们不到十里格，我们遇上一块巨大礁石，猛地一撞，救命的桅杆从中间裂

---

① 科林斯(Corinth)：希腊一港口城市，位于伯罗奔尼撒半岛东北部，临近科林斯湾，是希腊本土和伯罗奔尼撒半岛的重要连接点。

② 埃皮达鲁斯(Epidaurus)：古希腊阿尔戈利斯(Argolis)古镇，位于希腊半岛东南端，相传为太阳神阿波罗之子、医神阿斯克勒庇俄斯(Asklepios)的出生地。但有莎学家认为，此处可能指亚德里亚海(Adriatic)沿岸的同名城市埃皮达鲁斯，后改名"拉古萨"(Ragusa)，即今天克罗地亚东南部港口城市杜布罗夫尼克(Dubrovnik)。

开,于是这样不公平地把我们拆开,命运女神甩给我们同样的命运,留一半开心,为另一半悲伤。她那半,可怜的灵魂!好像分量较轻,但痛苦一点不少,风把他们吹得更快,眼见三个人被科林斯的渔夫救起来,想来是这样。终于,另一条船抓住我们仨,得知自己碰巧救了什么人,他们给触礁的客人十足的欢迎,要不是这条小船航行太慢,就能把渔夫捕获的那三个人夺回来,因此他们只好掉头回家。——您所听到的这情形,割断了我的幸福,使我在不幸中苟延存活,来讲述自身不幸的伤心故事。

公爵　你为他们伤心欲绝,为这个缘故,直到眼前,在你和他们身上都发生了什么,详细讲给我听。

伊秦　小儿子①,我也一向疼爱,长到十八岁,开始打探哥哥的下落,求我准许他,由仆人陪着,去寻找哥哥,——因为那仆人跟他一样,也被夺去兄弟,只留下相同的名字。当时,我巴望能见到大儿子,便冒了失去小儿子的危险。我在遥远的希腊度过五个夏天,走遍亚细亚整个疆土,沿海岸航行返乡,来到以弗所。哪怕查找无望,我也不愿漏

---

① 原文为"My youngest boy, and yet my eldest care."。按前文"我妻子更疼爱小儿子",此处与伊秦共同长大的应为"大儿子"。在第一幕第二场中,叙安说"找一位母亲和一个哥哥",这两处笔误想必是因莎士比亚写戏太快造成的。

掉这儿或那儿任何一处住人的地方。但我的生命故事必在此结束,倘若我的全部艰辛能保证他们尚在人世,过早死去也心甘。

公　爵　倒霉的伊秦,命运三女神①注定你忍受悲惨不幸的绝境! 现在,相信我,若非违反法令,并与我的王冠、我的誓言、我的尊严相悖,——身为王者,哪怕有心,法令不能废——我的灵魂一定替你求情、为你申辩。不过,尽管你被判死刑,已通过的判决虽无法召回,只要不使我们的荣耀蒙羞,我仍愿尽力帮你忙。因此,商人,限你今日之内,寻找有利帮助,救自己一命。把你在以弗所的所有朋友找一遍。要么乞讨,要么借债,凑足那个数儿,你就能活命。不然,注定得死。——监狱长,带他走,归你监管。

监狱长　遵命,大人。

伊　秦　　　伊秦无望、无助地走去,
　　　　　　却只能延缓生命的死亡。(众下。)

---

① 命运三女神(fates):指古希腊神话中掌管万物命运的女神三姐妹。小妹克洛托(Clotho)掌管未来、纺织生命线;二姐拉克西丝(Lachesis)决定生命线长短;大姐阿特洛波斯(Atropos)掌管死亡,负责剪断生命线。

# 第二场

## 市　场

[叙拉古的安提福勒斯(简称叙安)、叙拉古的德罗米奥(简称叙德)①及以弗所一商人甲上。]

商人甲　所以得说,您来自埃比达米乌姆,不然,货物很快被没收。就今天,一个叙拉古商人到这儿就被捕了,他交不出救命的赎金,按本城法令,要在夕阳落西之前处死。这是我代您保管的钱。(递钱。)

叙　安　(向叙德。)把钱拿到咱们下榻的人马②旅店,待在那儿,德罗米奥,等我来找你。离吃饭时间③还有不到一小时,开饭前,我要浏览城市风俗,考

---

① 按"皇莎版"注释,安提福勒斯(Antipholus)一名由"anti"和"phila"两个希腊单词组成,意即"对立之爱"。第一对开本出场提示称他为"安提福勒斯·厄洛斯"(Antipholis Erotes),暗指拉丁语"漫游者"(erratus)之意。"厄洛斯"(Erotes)即古希腊神话中的小爱神,到罗马神话中变身为丘比特。

② 人马(Centaur):古希腊神话中的半人半马怪物。

③ 吃饭时间(dinner-time):指午餐。

|||
|---|---|
| | 察商贩，凝望建筑，然后回旅店睡觉，因为长途旅行，身子又僵又乏。你去吧。 |
| 叙德 | 有这么一笔资财，多少人都愿听完您的话，拔脚就走。(下。) |
| 叙安 | 一个牢靠的仆人，老兄，常在我为心事所困、郁闷之时，讲些欢快的笑话逗我开心。您陪我上街转转，然后回旅店，和我一起吃饭，怎样？ |
| 商人甲 | 我约了几个商人，老兄，并希望跟他们做些生意。恳求原谅。五点左右，如您乐意，我去市场见您，然后一直陪您到睡觉时间。现在有事，先行一步。 |
| 叙安 | 到时见。我要把自己丢在城里，四处闲逛，看看街景。 |
| 商人甲 | 老兄，愿您自寻开心。(下。) |
| 叙安 | 他叫我自寻开心，哪有叫我开心的事。我来到世间，好比一滴水，在海洋里寻找另一滴。它落在那儿，找它的伴侣，——却找不见，问不出——丢了自己。我也一样，找一位母亲和一个哥哥，四处探寻，倒霉，弄丢了自己。 |

［以弗所的德罗米奥(简称以德)上。］

叙安　　（向叙德。）把钱拿到咱们下榻的人马旅店……你去吧。

叙德　　有这么一笔资财，多少人都愿听完您的话，拔脚就走。(下。)

叙安　记准我生日的"历书"①来了。——咦？你怎么回得这么快？

以德　回得这么快！该说来得太晚啦！阉鸡烤煳了，猪肉从烤叉上掉下来，钟敲过十二下②，——我的女主人也敲了一下我的脸。她火冒三丈，因为肉凉了；肉凉了，因为您不回家；您不回家，因为没胃口；没胃口，因为您吃过早饭。但我们懂得禁食和祷告是怎么回事，今天却要为您的过失而忏悔。③

叙安　管住您的嘴。小子，请告诉我——把我给您的钱放哪儿了？

以德　啊！——上礼拜三，为我女主人的马尾鞦④，付给马具商的那六便士？给马具商了，先生，我没留手里。

叙安　我现在没心情说笑。告诉我，别磨叽，钱在哪儿？在这儿我们是陌生客，你怎敢把这么一大笔钱托给别人，不自己保管？

---

①　"历书"(almanac)：因主仆二人同年同日同时出生，故叙安把误以为是"叙德"的"以德"戏称为"历书"。

②　伊丽莎白时代的英格兰，午饭一般从十一点半开始。钟敲过十二下，意即已错过开饭时间。

③　禁食和祷告(fast and pray)均表示忏悔行为，故此句下文反过来以"忏悔"表示禁食和祷告，意即因为您没回家吃午饭，我们一直饿着肚子等。参见《新约·使徒行传》13:3："于是禁食祷告……"

④　马尾鞦(crupper)：一种马具，乘马鞍具上或轻驾车上的尾鞦，指兜在马尾下的皮带。

以德　我请您,先生,笑话留在吃饭时说。女主人派我火速来找您,我一回去,准得挨揍,因为她会把您犯错这笔账算我头上。①我想您的胃,跟我的一样,该当钟表,不用派信使,就能把您敲回家。

叙安　行了,德罗米奥,行了,这些笑话毫不相干,留到高兴的时候再说。我交你看管的金币在哪儿?

以德　交我,先生? 哎呀,您没给过我金币。

叙安　够了,你这无赖,别装傻,告诉我,你的差事怎么办的?

以德　先生,我的差事就是把您从市场找回家,去凤凰旅店吃饭。我的女主人和她妹妹在等您。

叙安　我现在可是一个基督徒②,回答,您把我的钱放在了什么安全地方? 否则,敲碎您专在我没心情时故意耍滑头的脑壳。我交你的一千马克在哪儿?

以德　我头上有您敲的记号,俩肩膀上也有女主人留的记号③,但您二位凑一起都没给过我一千马克。我要是把挨的那些打如数还给您,估计您耐受不住。

叙安　你女主人的记号? 什么女主人,奴才,哪来的?

---

①　此句中"火速"(post, i.e. haste)与"挨揍"(post, i.e. beaten)具双关意,前者意即快速,后者指那个时代旅店、酒店中用来记录赊账者及所欠数目的门柱(door-post)。
②　意即基督徒不准说谎。
③　此句中的"记号"(marks)与上句中的"马克"(marks)构成同音双关,意即您敲打过我脑袋,女主人抽打过我两个肩膀。

| | |
|---|---|
| 以德 | 您宠爱的妻子,我在凤凰旅店的女主人。只要您不回家,她就饿着不吃饭。请您赶紧回家吃饭。 |
| 叙安 | 啊!当着我的面,如此嘲弄我?不准!你这无赖,看打!(打以德。) |
| 以德 | 先生,您什么意思?看上帝的面子,您住手!不,若不住手,先生,我拔腿就跑。(下。) |
| 叙安 | 以我的性命起誓,肯定有人耍诡计,从这恶棍手里骗光了我的钱。听说这城里满是骗局,有能骗过人眼、手指灵巧玩花招的骗子;有诡秘的能创造黑暗、叫人改主意的魔法师;有能使人体变形、专杀灵魂的巫婆;有会乔装打扮的骗子;有夸口吹牛的江湖医生,像这类获得许可的不法之徒①,还有很多。若果真如此,我要尽早开溜。<br>我要去人马旅店,找这个奴才,<br>那笔钱是否安生叫我胆战心惊。(下。) |

---

① 获得许可的不法之徒(liberties of sin):指获准可以凭不正当手段自由犯罪之人。

## 第二幕

# 第一场

以弗所的安提福勒斯(简称以安)家中

(阿德里安娜与露西安娜①上。)

阿德里安娜　　我丈夫,和那个我急火火派去寻他主人的仆人,谁也没回来!肯定,露西安娜,两点了。

露西安娜　　没准哪个商人邀请他,从市场去什么地方吃饭了。好姐姐,咱们吃饭,别生气。一个男人的自由,他自己主宰。时间是他们的主人,一见有时间,来去都自由。如果是这样,要有耐心,姐姐。

阿德里安娜　　凭什么他们的自由比我们多?

露西安娜　　因为男人做生意总出门在外。

---

① 按"皇莎版"注释,第一对开本舞台提示称以安为"被偷走的安提福勒斯"(Antipholis Sereptus),"Sereptus"源自拉丁文"surreptus",意即被偷走的。"Adriana"(阿德里安娜)字面义为"dark one"(深色的一个),暗示其肤色较黑;"Luciana"(露西安娜)字面义为"light one"(浅色的一个),暗示其皮肤白皙。

| | |
|---|---|
| 阿德里安娜 | 瞧,我若这样待他,他一定不快。 |
| 露西安娜 | 啊,要知道他是您意愿的缰绳①。 |
| 阿德里安娜 | 除了驴,没谁愿这样套上缰绳。 |
| 露西安娜 | 哎呀,任性的自由要受鞭打②的痛苦, |
| | 上天的眼皮底下,地上、海里、空中, |
| | 没一样东西,不在其界限之内。 |
| | 野兽、鱼类、长翅膀的飞禽, |
| | 都是雌的臣服,由雄的掌控。 |
| | 男人,更神圣③,是这一切的主宰, |
| | 是广袤陆地和狂潮巨浪的海洋的 |
| | 主人。④ |
| | 上天赋予他灵性的感官与灵魂, |
| | 比鱼和飞禽更卓越, |
| | 主宰女人,做她们的丈夫。⑤ |

---

① 原文为"he is the bridle of your will."。意即男人理应掌控女人。
② 鞭打(lashed):含双关意,亦指"束缚"。
③ 更神圣(more divine):指男人乃离神更近的造物。
④ 参见《旧约·创世记》1:26—28:"上帝说:'我们要照着自己的形象,自己的样式造人。让他们管理鱼类、鸟类和一切牲畜、野兽、爬虫等各种动物。'于是上帝照自己的形象创造了人。他造了他们,有男,有女。上帝赐福给他们,说:'你们要生养许多儿女,使你们的后代遍布全世界,控制大地。我要你们管理鱼类、鸟类和所有的动物。'"
⑤ 参见《旧约·创世记》3:16:"上帝对那女人说:'我要大大增加你怀孕的痛苦,生产的阵痛。虽然这样,你对丈夫仍然有欲望;他要管辖你。'"《新约·以弗所书》5:22:"做妻子的,你们要顺服自己的丈夫,好像顺服主。"《彼得前书》3:1:"做妻子的,你们也应该顺服自己的丈夫。"

|||
|---|---|
| | 要让您的心愿侍奉男人的意志。 |
| 阿德里安娜 | 这样的奴役使您守身未婚。 |
| 露西安娜 | 不怕这个,只怕婚床上的麻烦。 |
| 阿德里安娜 | 但您若嫁人,能拥有一些权力。 |
| 露西安娜 | 学会恋爱之前,我要先练习顺从丈夫。① |
| 阿德里安娜 | 如果您丈夫别处游荡②怎么办? |
| 露西安娜 | 我有耐心,等他再回到家里。 |
| 阿德里安娜 | 耐心不移!难怪她对结婚迟疑不决; |
| | 若没有理由表现异常,谁能不温顺。 |
| | 一个可怜的灵魂,遭厄运摧折, |
| | 刚听到哭喊,我们就叫它③安静; |
| | 等自身一旦遭受同样的痛苦重压, |
| | 我们同样会哀诉,甚至更有过之。 |
| | 所以你,没有过无情伴侣伤你心, |
| | 你才拿那没用的耐心,给我宽慰。 |
| | 但凡你亲眼见同样的权利被剥夺, |
| | 保你一定会抛弃这种愚蠢的耐心。 |
| 露西安娜 | 那好,等我哪天结婚,领教一下。—— |
| | 您的仆人来了,您丈夫也快到了。 |

---

① 参见《新约·歌罗西书》3:18:"做妻子的,你们要服从丈夫,因为这是基督徒的本分。"《彼得前书》3:5—6:"从前那些仰望上帝的圣洁妇女也都以服从丈夫来装饰自己。莎拉也是这样;她服从亚伯拉罕,称呼他'主人'。"

② 别处游荡(start some other where):指丈夫移情别恋,心另有所属。

③ 它(it):指上文中的"灵魂"。

（以德上。）

阿德里安娜　喂，你那慢吞吞的主人说话就到①？

以德　　　　不，他两只手一起上，我两个耳朵都能做证。

阿德里安娜　喂，跟他说话没有？知道他打的什么主意？

以德　　　　对，对，他把主意全打在我耳朵上。诅咒他的手！我不懂他什么意思。

露西安娜　　他说得特含糊，你觉不出什么意思？

以德　　　　不，他打得特明白，一下一下都能觉出来，打得那么含糊，我可弄不懂②。

阿德里安娜　请你告诉我，他要回家吗？看样子，他有心讨老婆高兴。

以德　　　　哎呀，女主人，我的男主人一定疯了，像只头上长角的野兽。③

阿德里安娜　疯了，像头上长角的野兽？你这坏蛋。

以德　　　　我指的不是戴绿帽子那种疯，但能肯定，他彻底疯了。我叫他回家吃饭，他向我要一千马克金币。我说"该吃饭了"，他说"我

---

① 说话就到(at hand)：直译为"在手边"。含双关意，亦指"贴身近战"(at hands, i.e. fighting at closer quarters)，直译为"两手交战"，故以德在下句中以"两只手"(two hands)回应，指叙安动手打他，两只手左右开弓。

② "含糊"(doubtfully)含双关意，亦指"可怕的"(dreadfully)；"懂"(understand)含双关意，亦指"忍受"(stand under)。意即打得那么狠，我可受不住。

③ 旧时西方人认为，妻子不贞洁的丈夫，头上会长角，即被别的男人戴了绿帽子。

|  |  |
|---|---|
|  | 的金币！"我说"您的肉烤煳了"，他说"我的金币！"我说"您回家不回？"他说"我的金币！无赖，我给你的一千马克放哪儿了？"我说"猪肉烤焦了"，他说"我的金币！"我说"我的女主人，先生"，他说"吊起你女主人！我不认识你女主人，滚你的女主人！" |
| 露西安娜 | 这话谁说的？ |
| 以德 | 我男主人说的。他说"哪的家，哪的妻，哪的女主人，我一概不知"。就这样，我的差事，该由舌头传的话，多谢他，都由我两个肩膀担回家，因为，最后，他打了我那儿。 |
| 阿德里安娜 | （打他。）再回去，你这奴才，找他回家。 |
| 以德 | 还去？再给打回家？看上帝的面子，派别人捎信吧。 |
| 阿德里安娜 | 再去，奴才，不然，我要把你脑瓜横着来一下①。 |
| 以德 | 他再竖着打一下，赐福成那个十字，你们 |

---

① 我要把你脑瓜横着来一下（I will break thy pate across.）：阿德里安娜这句说"横着"（across），以德下句以"十字"（cross）回应。这是莎士比亚擅长的文字游戏。朱生豪译为："我就横打一下你的头。"梁实秋译为："我要打破你的脑壳。"

阿德里安娜　　（打他。）再回去,你这奴才,找他回家。
以德　　　　　还去？再给打回家？看上帝的面子,派别人捎信吧。

|||
|---|---|
| | 一人一下,那我就有了一个神圣的脑袋。① |
| 阿德里安娜 | 走开,唠叨鬼,找你主人回家。 |
| 以德 | 我跟您说话直截了当,正如您跟我不绕弯子,难道就冲这个,你们拿我当球踢? |
| | 您把我踢到那儿,他把我踢回这儿。 |
| | 若要我顶住这顿踢,得给包层皮子。 |
| | (下。) |
| 露西安娜 | 呸!瞧您一脸不耐烦,怒气冲冲! |
| 阿德里安娜 | 他②一定去跟相好的贱妇寻欢作乐, |
| | 此时我却在家里热盼一副开心面容。 |
| | 难道居家的岁月已从我面颊上夺走 |
| | 诱人的美貌?都怪他耗掉我的美貌。 |
| | 我说话单调乏味?脑子空洞荒废? |
| | 倘若我活泼犀利的话锋毁于一旦, |
| | 全因他无情的迟钝比大理石更硬。 |
| | 她们的光鲜外衣勾走了他的情感? |
| | 那不是我的错,他是家财的主人。 |
| | 人们不难发现,我身体里的废墟, |

---

① 原文为"And he will bless that cross with other beating: between you I shall have a holy head."。赐福(bless),含双关意,亦指"打"(beating)。意即你们两人一个横着打,一个竖着打,正好在我头顶打出一个十字架,非把我脑袋打开花不可。朱生豪译为:"他再竖打一下我的头,我的头就要十字开花了。"梁实秋译为:"他还要在那十字裂口上再打一击哩:你们两个左打右打,我的脑袋可就好看了。"

② 指以安。

|||
|---|---|
| | 哪处不毁于他手？我容颜的毁损， |
| | 他就是那个祸首。我衰退的美貌， |
| | 凭他一副阳光的面容很快能修补。 |
| | 可这头太难管束的鹿①已撞破围栏， |
| | 岂肯家中觅食；可怜我只能当笑柄。 |
| 露西安娜 | 嫉妒伤身害己！——呸，把它从这儿打走！ |
| 阿德里安娜 | 只有没感觉的傻瓜能忍受这种屈辱。我知道他拿眼神向别的女人献殷勤，否则，能有什么事，阻止他回家来？妹妹，你知道他答应给我一条项链，——宁愿他不给那礼物，只对爱情忠诚，只要他把自己的婚床当美丽的住处②。我看成色最好、仿若上了釉的宝石③，都会失去美色；虽说金子④永能经受测试者的测试，但经常测试，也难免耗损真金。⑤所以，享有好名声的丈夫， |

---

① 鹿(deer)：与"亲爱的"(dear)谐音双关。
② 美丽的住处(fair quarter)：只愿他对婚姻忠诚。
③ 宝石(jewel)：此处以仿若上釉的宝石比喻婚姻之外的漂亮女人。
④ 金子(gold)：此处以金子比喻忠贞的妻子。
⑤ 此句颇有些费解，含性双关之意，一层指忠贞的妻子能经受别的男人的"测试"(挑逗)，但与丈夫之间经常的"测试"(性爱抚)，也会磨损"真金"(妻子)；另一层指尽管妻子忠贞，但丈夫若与情妇、妓女经常"测试"(频繁偷情)，则会"花光金币"(耗损真金)。阿德里安娜在此处自我解嘲。

|露西安娜 | 没一个因说谎和堕落使名誉蒙羞受辱。
既然我的美貌,无法愉悦他的目光,
只好为残留的容颜哭泣,哭着死去。
有多少痴情傻瓜侍候着疯狂的嫉妒?
(同下。)

# 第二场

## 广 场

（叙安上。）

叙 安　我交给德罗米奥的金币，安好地存放在人马旅店。那贴心的仆人，向旅店老板打听信息，推算我的行踪，然后出门，认真地前来寻我。从上回把德罗米奥从市场打发走，我还没跟他说过话。——瞧，他来了。

（叙德上。）

叙 安　怎么，你这家伙！您欢快的性情变了？如果您喜欢挨打，就再拿我开玩笑。您不知道人马旅店？您没收过金币？您女主人派您叫我回家吃饭？我的家在凤凰旅店？你疯了，我问你话，你竟回我这一堆疯话？

叙 德　什么疯话，先生？我何时说过这种话？

叙 安　就刚才，就在这儿，不出半个小时。

叙 德　您在这儿把金币交给我，叫我带回人马旅店，从那之后,我就没见过您。

叙安　无赖,刚才你否认收过金币,还说什么女主人、吃饭之类的话,我为这个生气,想必你能觉出来。

叙德　见您心情这么愉快,我很高兴。可这玩笑什么意思?主人,请您告诉我。

叙安　嘿!当面嘲笑、愚弄我?还以为我在跟你开玩笑?别动,看打,看打!(打他。)

叙德　住手,先生,看在上帝的分儿上!您现在这玩笑开得有诚意,什么买卖叫您拿打人当定金?①

叙安　因为我有时不拘礼数,拿您当同伴,跟您闲聊,您便拿鲁莽在我的友情上开玩笑,在我有正经事的时候也来搅局。当太阳当头照,愚蠢的蚊虫不妨耍闹,等太阳藏起光线,它们就得爬进缝隙。要跟我开玩笑,您得弄清我的脸色,拿您的举止适应我的神情,否则,我就把这一招打您脑袋里。

叙德　您管它叫堡垒②?如果您愿放弃猛攻,我愿管它叫脑袋。如果您这么打下去,我就得弄个头盔,把脑袋藏里面,不然,非得把脑袋打进肩膀里不可。可我请问,先生,为什么打我?

---

① 原文为"Now your jest is earnest, Upon what bargain do you give it me."。诚意(earnest):具双关意,亦指"定金""保证"。朱生豪译为:"你现在把说笑话认真起来了。我究竟做错了什么事您要打我?"梁实秋译为:"现在您的笑话可认真起来了;要买什么东西您付给我这笔定钱?"

② 上文中的"脑袋"(sconce)含双关意,亦指"堡垒"(fortress)。

叙安　你不知道？

叙德　不知道,先生,只知道挨打了。

叙安　要我告诉你为什么？

叙德　对,先生,给个理由,因为听说,每个为什么都有一个理由。

叙安　"为什么",首先,——因为你嘲笑我,然后,"理由",——因为你再次嘲笑我。

叙德　这么没头没脑挨顿打,世上还有谁？既不为什么,又没理由,简直莫名其妙！好吧,先生,我谢谢您。

叙安　谢我,小子！谢我什么？

叙德　以圣母马利亚起誓,先生,为您什么也不为,打了我一顿。

叙安　下次补给您,等有了为什么的时候,我什么也不给。喂,回我话,到吃饭时间了？

叙德　还没,先生。我觉得肉上缺点什么。

叙安　真的？缺什么？

叙德　抹油①。

叙安　嗯,你这家伙,那肉就烤干了。

叙德　要烤干了,先生,请您一口别吃。

叙安　您的理由？

---

① 抹油(basting):给烤叉上的肉涂油脂。含双关意,亦指"殴打"。

| | |
|---|---|
| 叙德 | 免得您吃了干肉发脾气,叫我再干挨一顿打。 |
| 叙安 | 好吧,小子,要学会开玩笑挑时候,万物皆有定时①。 |
| 叙德 | 刚才您若没发那么大火,我就敢否认您的说法。 |
| 叙安 | 小子,什么理由? |
| 叙德 | 以圣母马利亚起誓,先生,凭的这个理由,像"时光老人"②他老人家的秃脑壳一样明显。 |
| 叙安 | 说来我听。 |
| 叙德 | 一个天生秃顶之人,没机会长新头发。 |
| 叙安 | 他不能以掏钱转让产权③的办法长新发吗? |
| 叙德 | 对,为一头假发,付一笔钱,长出别人剪掉的头发。④ |
| 叙安 | 为什么"时光老人"如此吝惜头发?既然毛发是人体的派生物,就该长得茂密。 |
| 叙德 | 因为他把毛发当施舍,赏给野兽,给人类的头发有限,但给了他们脑子。 |
| 叙安 | 哎呀,有好多人,头发多,脑子少。 |

---

① 参见《旧约·传道书》3:1:"天下万事皆有定期,/都有上帝特定的时间。"
② "时光老人"(Father Time):指古希腊神话中的克洛诺斯(Cronus),该词既可解释成"时间",也可以解释成"时光老人"。
③ 掏钱转让产权(fine and recovery):法律术语,指通过付费的办法完成地产产权的转让手续。
④ 即上文提到的"以掏钱转让产权的办法"。头发(hair):与"继承人"(heir)谐音双关。

叙德　　那些人，没一个不是因为太有脑子①，掉光了头发。

叙安　　哎呀，照你这么说，毛多的人，都是没脑子的直肠子②。

叙德　　玩女人越欢，头发掉得越快。他在一种快活里掉光头发。

叙安　　什么理由？

叙德　　俩③理由，都挺结实。

叙安　　不，请您，别用结实。

叙德　　那，都牢靠。

叙安　　不，骗局④哪来的牢靠。

叙德　　那还是都靠谱。

叙安　　说出来。

叙德　　一个，省钱，不劳烦梳理头发；另一个，吃饭时，省得头发掉粥里。

叙安　　啰唆这半天，您要证明，万事皆无定时。

叙德　　以圣母马利亚起誓，是的，先生。就是说，天生的

---

① 脑子(wit)：或具双关意，暗指阴茎。叙德意在反讽：男人那玩意儿用多了，会染上梅毒，掉光头发。

② 参见《旧约·创世记》第25章中"以扫和雅各的出生"：以扫出生时，"身体呈红色，浑身长毛，像穿了毛皮衣，所以他的名字叫以扫"。长大后，以扫性情爽直，双胞胎弟弟雅各更有心眼。此处"毛多的人，都是没脑子的直肠子"由以扫引申而来。

③ 俩(two)：暗指两个睾丸。

④ 骗局(thing falsing)：含双关意，亦指不贞洁的女阴。

| | |
|---|---|
| | 秃顶,不会定时长头发。 |
| 叙安 | 可您的理由不牢固,怎么就没有定时再长头发。 |
| 叙德 | 那我找补一点,"时光老人"自己是光头,所以,直到世界尽头,秃顶无穷尽。 |
| 叙安 | 我料到会有个光秃秃的结论。——稍等,那边谁在冲我们招手? |

(阿德里安娜与露西安娜上。)

| | |
|---|---|
| 阿德里安娜 | 行啊,行啊,安提福勒斯,眼神疏远①,皱着眉,你甜美的脸色给了哪个情妇。我不是阿德里安娜,也不是你妻子。曾几何时,你主动立下誓言,除非我跟你说话,或与你对视,或与你牵手,或为你切肉②,否则再没有言语如音乐般入你的耳,再没有赏心之物入你的眼,再没有谁的手让你触摸得更快慰,再没有什么肉带给你可口的美味。如今怎样,我的丈夫,啊,怎样,你竟然表现得不像自己③? 我说你不像自己,因为你对我陌生,而你我合为一体,不可 |

---

① 眼神疏远(look strange):言外之意是假装不认识我。
② 为你切肉(carved to thee):"切肉"在俚语中有"性爱"之意。
③ 表现得不像自己(estrange from):言外之意是你竟然疏远我。

割裂,我比你自己的灵魂更珍贵。①啊!别离我远去,因为要知道,我的爱人,你要离开我,又不带上我,困难得好比你把一滴水放入波涛汹涌的大海,再把那滴水不添一丝、不减一毫地从海里取回来。但凡你听说我放荡,我这奉献给你的身子,遭粗野的淫欲玷污,将有怎样的悲痛触动你最敏感的部位②!你不会唾弃我,踢我,当我面把"丈夫"的名义猛摔,从我像娼妓一样的额头上撕下带污点的面皮,从我不忠实的手上切下结婚戒指,随着一声决绝的离婚誓言,把它弄碎?我知道你会这么做,所以,一定要你这样做。我身上渗满淫荡的污点,我的血混入肉欲的罪恶③。因为既然我俩结成一体,你若背信不忠,

---

① 原文为"Thyself I call it, being strange to me, that undividable, incorporate, / Am better than thy dear self's better part."。朱生豪译为:"因为我们两人结合一体,是不可分的,你把我遗弃不顾,就是遗弃了你自己。"梁实秋译为:"你对我冷淡,所以我说你是离弃你自己,因为夫妻原是一体,不可分离,我是比你自己的灵魂还要重要的一部分。""better part":直译为更好的部分,在此指灵魂。参见《旧约·创世记》2:24:"因此,男人要离开父母,与妻子结合,两人合为一体。"《新约·马太福音》19:4—6:"耶稣回答:……'既然这样,夫妻不再是两个人,而是一体。'"

② 原文为"How dearly would it touch thee to the quick."。朱生豪译为:"那时你将要如何气愤!"梁实秋译为:"你会多么悲愤痛心!"

③ 中世纪时,人们以为男女在性爱中血液交混相融。

|||
|---|---|
| | 我便会消化你肉体的毒素,受你传染,变成一个娼妓。 |
| | 信守美好盟约①,与真正的婚床休战; |
| | 我生不受玷污,你也不必蒙羞受辱。② |
| 叙安 | 您在恳求我,美丽的夫人? 我不认识您。我在以弗所刚待两个小时,对这座城镇,像对您说的话一样陌生。 |
| | 您说的每一个字,我满脑子斟酌, |
| | 却还是脑子不灵,听不懂一个字。 |
| 露西安娜 | 呸,姐夫! 您怎么完全变了个人! 您何曾这么待过我姐姐? 她刚叫德罗米奥请您回家吃饭。 |
| 叙德 | 我? |
| 阿德里安娜 | 你。你从他这儿回去说,——他打了你,边打边否认我的家是他的家,我是他的老婆。 |
| 叙安 | 小子,你跟这位女士说过话? 你们串通一气,打算干吗? |
| 叙德 | 我? 先生,以前从没见过她。 |

---

① 美好盟约(fair league):对婚姻忠诚。

② 此处两联句原文为"Keep then fair league and truce with thy true bed, / I live distained, thou undishonoured."。朱生豪译为:"**既然这样,你就该守身如玉,才可保全你的名誉和我的清白**。"梁实秋译为:"那么要**忠诚无欺**的对待你的妻;/ 我可保持清白,你也不损失名誉。"

| | |
|---|---|
| 叙安 | 恶棍,说谎!因为她这话,跟你在市场和我说的一样。 |
| 叙德 | 我这辈子没跟她说过话。 |
| 叙安 | 那她怎能叫出咱俩的名字?莫非靠神灵感应。 |
| 阿德里安娜 | 公然伙同仆人如此作假,撺掇他在我气头上跟我作对,多么糟践自尊! |
| | 哪怕您疏远我,都因我的错, |
| | 也莫再以更多鄙视平添伤害。(抓他袖口。) |
| | 来,我要抓紧你这衣袖;丈夫, |
| | 你是一棵榆树,我是一根藤蔓①, |
| | 藤蔓柔弱,与你那粗壮的躯干② |
| | 结在一起,让我分享你的力量。 |
| | 若有何物夺你而去,必是垃圾, |
| | 假冒的常春藤、野刺玫或没用的苔藓。 |
| | 它们不加修剪,凭借侵入, |
| | 玷污你的汁液,靠毁灭你存活。 |
| 叙安 | (旁白。) |
| | 她在跟我说话,拿话题打动我。 |
| | 怎么,我曾在睡梦里与她成婚? |

---

① 参见《旧约·诗篇》128:3:"你的妻子在家中像果实累累的葡萄树。"
② 参见《新约·彼得前书》3:7:"做丈夫的,要同妻子同住,因她比你软弱(原义为她是软弱的器皿)。"

阿德里安娜　　来,我要抓紧你这衣袖;丈夫,
　　　　　　　你是一棵榆树,我是一根藤蔓。

|  |  |
|---|---|
|  | 要么,此时仍在梦中听她说话? |
|  | 什么误解使我两眼、双耳出错? |
|  | 我要先接受眼前的错觉, |
|  | 直到查明这切实的谜团。 |
| 露西安娜 | 德罗米奥,去叫仆人摆桌吃饭。 |
| 叙德 | (画十字。) |
|  | 啊,为我的念珠①!身为罪人我画十字。 |
|  | 这是仙界。——啊,不幸中之不幸!—— |
|  | 我们在和妖怪、猫头鹰和精灵说话。 |
|  | 如果不顺从,它们随后就会:—— |
|  | 吸干我们的气息,掐得我们浑身青紫。 |
| 露西安娜 | 自己瞎嘟囔,为什么不回答?德罗米奥,德罗米奥,你这个蜗牛、鼻涕虫②、傻蛋! |
| 叙德 | 我被魔法变了形,主人,是不是? |
| 叙安 | 我想你是脑子变了形,我也一样。 |
| 叙德 | 不,主人,连脑子带身子都变了。 |
| 叙安 | 你身形没变,还是自己的。 |
| 叙德 | 不,我成了一只猿猴③。 |
| 露西安娜 | 你若能变个什么,只能是一头驴。 |

---

① 念珠(beads):念玫瑰经祷告时使用的珠串。
② 鼻涕虫(slug):学名蛞蝓,一种动物,比喻懒人,意即懒虫。
③ 猿猴(ape):指傻瓜。

| | |
|---|---|
| 叙德 | 没错。她骑着我,可我巴望吃草①。是这样,我就是一头驴;要不然,我咋不能像她认得我一样认得她。 |
| 阿德里安娜 | 行了,行了,伤心倒叫主仆二人取笑,我别再像傻瓜似的,手指揉着眼睛哭。——来,先生,吃饭去。——德罗米奥,看好门。——今天我要在楼上跟您吃饭,像神父那样听您忏悔一千件无聊的瞎胡闹。——小子,若有谁找您主人,说他出去吃饭了,别放一个活物进来。——来,妹妹。——德罗米奥,看好门。 |
| 叙安 | (旁白。)<br>我这是在人间,在天堂,还是在地狱?<br>睡着,醒着?发了疯,还是脑子正常?<br>她们认得我,我却要掩饰自己!<br>她们说什么,我顺着说,就这么办,<br>在这场迷雾里,经受一切冒险。 |
| 叙德 | 主人,我要不要守着门? |
| 阿德里安娜 | 对,谁也别进来,否则,打破您脑袋。 |
| 露西安娜 | 来,来,安提福勒斯,这饭吃得太晚。 |

(众下;叙德留下看门。)

---

① 意即她操控我,可我想要自由。

# 第三幕

# 第一场

## 以安家门前

（以安、以德、金匠安杰洛与商人巴尔萨泽上。）

以安　　尊敬的安杰洛先生，您得原谅我们大家。我回家一晚，老婆就发脾气。您就说我一直在您店里晃悠，盯着看给她打镶宝石的项链，您明天给她拿家去。但这儿有个坏蛋，会当我面，硬说在市场见过我，我打了他，交托他一千马克金币；还说我死不承认有老婆、有家。——你这醉鬼，你，说这些，什么意思？

以德　　随您怎么说，先生，但我知道怎么回事，
　　　　您在市场打了我，向我显摆您的手艺活儿。
　　　　假如皮肤是羊皮纸，您挥的拳头是墨水，
　　　　您的亲手笔迹会告诉您我心里怎么想的。

以安　　我觉得你就是一头驴。

以德　　以圣母马利亚起誓，受冤、挨打，确实挺像一头驴。

|  |  |
|---|---|
|  | 挨了踢,该踢回去;在那种情形下,<br>您得远离我脚后跟,要留神一头驴。 |
| 以安 | 您板着脸,巴尔萨泽先生。祈祷上帝,<br>愿饭菜能表明我们的善意和热诚欢迎! |
| 巴尔萨泽 | 我不稀罕美味,先生,看重热情欢迎。 |
| 以安 | 啊,巴尔萨泽先生,甭管吃鱼、吃肉,<br>满桌子的欢迎,顶不上一盘可口饭菜。 |
| 巴尔萨泽 | 先生,好肉常见,每个农夫都买得起。 |
| 以安 | 欢迎更常见,因为,那只是一句空话。 |
| 巴尔萨泽 | 小酒小菜与盛情欢迎便造就一场欢宴。 |
| 以安 | 对,吝啬的主人和节省的客人是这样。<br>虽说食物节俭,请您包涵,开心享用;<br>即便别处饭菜更可口,您未必更尽兴。<br>(试着开门。)<br>稍等,门锁着。——(向以德。)去叫她们,<br>让我们进去。 |
| 以德 | (呼唤。)莫德,布丽奇特,玛丽安,西塞<br>莉,吉莉安,吉恩。① |
| 叙德 | (在内。)笨蛋,蠢货,阉鸡,傻瓜,白痴,小丑!<br>要么从门前滚开,要么在下半扇门边<br>坐着。 |

---

① 这几个都是女仆的名字。

|       |                                                                 |
| ----- | --------------------------------------------------------------- |
|       | 你这念咒招娘们儿①呢？招这么一大串，一个就够，叫这么多？滚，从门前滚开！ |
| 以德  | 看门的成了蠢蛋？——竟把主人晾在街上等。                        |
| 叙德  | 让他打哪儿来，回哪儿去，免得脚丫子着凉。                        |
| 以安  | 谁在里面说话？——喂，开门！                                    |
| 叙德  | （在内。）那好，先生，说个由头，我好给您开门。                  |
| 以安  | 由头？因为要吃饭。我今天还没吃饭！                              |
| 叙德  | （在内。）今天甭想在这儿吃饭，换个时间再来。                    |
| 以安  | 你什么人？竟敢把我关在自己家门外？                              |
| 叙德  | （在内。）先生，我名叫德罗米奥，眼下管看门。                    |
| 以德  | 啊，恶棍！夺走我的差事，夺走我的名字。前者从没带来名声，后者叫我挨了好多骂。如果你今天替代我，把自己当成德罗米奥，干脆为这名字换张脸，否则把名字改成驴。② |

（露丝自幕内或高台上，不为人所见。）

| 露丝 | （在内。）德罗米奥，那儿乱吵什么？门外什么人？ |
| ---- | ---------------------------------------------- |
| 以德 | 露丝，开门，让主人进去。                       |
| 露丝 | （在内。）真的，不行，他来太晚，原话告诉你     |

---

① 念咒招娘们儿（conjure for wenches）：暗指皮条客招妓女。
② 意即你若不把德罗米奥这个名字改掉，自己就会变成一头蠢驴。

| | |
|---|---|
| | 主人。 |
| 以德 | 主啊！太好笑啦！ |
| | 让我拿俗语攻击您：——要我插入一根棍子吗①？ |
| 露丝 | 让我拿另一句还您，那就是——没门儿，休想。 |
| 叙德 | （在内。）如果你名叫露丝，——露丝，回得妙。② |
| 以安 | （向露丝。）听好，贱妇，让我们进去！ |
| 露丝 | （在内。）我想，已经请过您了。 |
| 叙德 | （在内。）您说不行。 |
| 以德 | 来，帮着敲。（二人敲门。）敲得好，这叫一击还一击。 |
| 以安 | （向露丝。）小骚货，让我进门。 |
| 露丝 | （在内。）您能告诉我进门的缘由吗？ |
| 以德 | 主人，使劲撞。 |
| 露丝 | （在内。）让他撞③，疼死他！ |
| 以安 | 小骚货，等我把门撞破，您哭都来不及。 |
| 露丝 | （在内。）少拿这个吓唬我，您不怕到时候戴 |

---

① 此为性笑话。
② 露丝（Luce）：此名之字面义为"梭子鱼"（pike），而"pike"字面义又有"矛枪"之意，"矛枪"含双关意，暗指阴茎。此句意即假如你真是一支矛枪，那你这一枪回击得棒。
③ 含性意味。

上一副足枷①示众?

(阿德里安娜与露西安娜自幕内或高台上。)

| | |
|---|---|
| 阿德里安娜 | 谁在门前吵起来没完? |
| 叙德 | 以我的信仰起誓,没规矩的家伙把你们这儿搅乱。 |
| 以安 | 老婆,您在里面? 您该早点出来。 |
| 阿德里安娜 | 您老婆? 无赖! 滚,从门前滚开!(与露丝下。) |
| 以德 | 如果忍痛一滚,主人,这个"无赖"就会受连累②。 |
| 安杰洛 | 这儿既没饭菜,先生,也没欢迎。我们有一样就高兴。 |
| 巴尔萨泽 | 刚还争辩哪样好,眼下两样全落空。 |
| 以德 | 他俩站在门前,主人,在这儿欢迎他们。 |
| 以安 | 不让我们进去,必有鬼风进门③。 |
| 以德 | 主人,如果您外衣单薄,当然会这样说。<br>屋里头糕饼热乎乎,您挺在这里受风寒,④ |

---

① 一副足枷(a pair of stocks):足枷为旧时一种刑具,常用来惩罚轻罪犯人。
② 意即那主人您就和她说的这个"无赖"成了同一个人。
③ 必有鬼风进门(there is something in the wind):暗指家里一定发生了什么。
④ 糕饼(cake)暗指"女人",挺(stand)暗指"勃起"。

| | |
|---|---|
| | 男人如此被出卖,会像头雄鹿①一样发疯。 |
| 以安 | 去给我找家伙,我要把门砸开。 |
| 叙德 | (在内。)砸坏任何一样东西,我敲破你这无赖的头! |
| 以德 | 先生,有人敢跟您回嘴。说话只是一阵风。 |
| | 哼,好在他当您面说话,没在背地里放屁。 |
| 叙德 | (在内。)看来你真欠打,滚开!乡巴佬②! |
| 以德 | 说了好多"滚开!"请你让我进去。 |
| 叙德 | (在内。)哼,等飞禽不长羽毛,鱼不长鳍的时候。(下。) |
| 以安 | 好,我要打进去。——去,给我借一根撬棍③。 |
| 以德 | 一只没毛的乌鸦?——主人,您是这意思吧? |
| | 要是有不长鳍的鱼,就有不长毛的乌鸦。—— |
| | 若撬棍帮我们进门,小子,咱们一起拔 |

---

① 雄鹿(buck):暗指被戴绿帽子的丈夫。
② 乡巴佬(hind):具双关意,亦指母鹿。
③ 撬棍(crow):具双关意,亦指乌鸦。故以德下句拿"乌鸦"打岔。

乌鸦毛①。

以安　　　　　你快去，给我找一根铁撬棍。

巴尔萨泽　　　要耐心，先生。啊，别这样！在这件事上，您在跟自己的名声作对，还会把您妻子未受侵犯的贞洁，拖入令人猜疑的范围。总之，——以您对她的智慧，她持重的美德、年龄和贞洁的长久经验，她行为古怪，一定有您所不知的隐情。不必怀疑，先生，这次为何将您拒之门外，她一定会向您解释清楚。听我的，耐心离开，咱们都去老虎客栈吃饭，约莫傍晚时，您独自回来，问明这次奇怪管束②的原因。在这人来人往的天光之下，如果您现在要凭蛮力闯进去，势必引起公众猜测，每个人都会胡思乱想，邪恶地影响您清白的名声，哪怕等您死了，它也会在您坟墓上安家。

　　　　　　　因为诽谤世代相传，
　　　　　　　永在它占据之地栖居。

以安　　　　　您奏效了，我要安静地离开，尽管没乐子，也要寻开心。我认识一个口角生风的少妇，漂

---

① 拔乌鸦毛（pluck a crow）：言外之意是咱俩得把事情掰扯清楚。
② 奇怪管束（strange restraint）：指不给丈夫开门这一莫名其妙的管束。

亮,风趣,狂野,还,特别,温和。咱们去那儿吃饭,我说的这女人,我老婆,没少责骂我去她那儿——要我声明,不该去。咱们就去她那儿吃饭。——(向安杰洛。)您回家,取那条项链,这时候,我想该打好了。我请您,把项链,带到豪猪旅店,她住在那儿。我要把那项链送给那儿的老板娘,——不为别的,只为跟我老婆赌气。好心的先生,赶快。

既然自家门拒不接受,

我敲敲别处,看是否遭慢待。①

安杰洛　过个把小时跟您那地方见。

以安　　说定了。这场玩笑要耗掉我一笔钱。(众下。)

---

① 此处两联句诗具双关意,含性暗示:"门"(doors)暗指女阴,"接受"(entertain)、"敲敲"(knock)暗指性事。

# 第二场

## 以安家门前

（露西安娜与叙安上。）

露西安娜　　您真把做丈夫的本分忘得一干二净？
　　　　　　安提福勒斯,难道在这爱情的春天,
　　　　　　您爱情的嫩枝已经腐烂？
　　　　　　难道爱的殿堂还没落成,就已损毁？
　　　　　　哪怕您当初娶我姐姐,图她钱财,
　　　　　　那为了钱财,也该给她更多温存。
　　　　　　倘若另有新欢,也要偷偷摸摸；
　　　　　　演出些虚情假意遮掩不忠之爱。
　　　　　　别让我姐姐在你眼里察觉隐情,
　　　　　　别让舌头当自身耻辱的演说家。
　　　　　　神情甜美,说话温和,变了心满脸欣然,
　　　　　　给邪恶穿外衣,让它活像美德的传令官,
　　　　　　哪怕内心遭玷污,也要一脸荣耀,
　　　　　　教会罪恶一种圣徒般的风范。

秘密地背叛。何必让她知道？
哪个傻窃贼会吹嘘自己堕落？
在饭桌上让她从您眼里察觉，
这是双倍侮辱您背弃的婚床。
若巧作安排，耻辱可获得私生的名誉，
若口出邪恶之言干坏事，乃双倍之恶。
唉，可怜的女人！只要让我们相信——
我们生来容易轻信——你们爱心不变。
你们把手臂让给别人，但给我们看一眼衣袖，
我们便能运转在你们的轨道里，受你们影响。
那好，善良的姐夫，您进屋，
安慰我姐姐，称呼她一声妻子，叫她高兴。
在讨好的甜美呼吸击败纷争之时，
小小的逢场作戏堪称神圣的消遣。

叙安　可爱的女士，——不知您可有别的名字，
却对您能猜中我叫什么吃了一惊。——
您展露出的您的聪慧和您的恩典，
不比尘间的奇迹①少，却比肉身的教士多。
教会我，可爱的生灵，该怎样想、怎样说；
打开我泥土般愚钝的理解力，
过错、软弱、浅薄、无力，憋在里面，

---

① 尘间的奇迹(earth's wonder)：或暗指女王伊丽莎白一世。

您言谈中藏着难解的用意。
针对我灵魂的纯洁信仰,您为何要
费力把它弄到一个未知的地界游荡?
您是一个神?莫非要把我重新创造?
那改变我,我将顺从您的力量。
但凡我还是我,那我深知,
您落泪的姐姐不是我妻子,
我对她的床也不亏欠责任。
更多的,更多的是我对您倾慕!
啊,亲爱的美人鱼,别用那音符
引诱我淹死在您姐姐泪水的海洋。①
唱吧,塞壬②,为你自己,我仰慕你。
把你的金发铺散在银色的浪涛上,
我要把这发丝当睡床,躺在上面,
在那辉煌的猜想③中,我相信,
一个人能这样死去④,何其快哉!
爱神⑤轻浮,若能下沉,那就淹死她!

---

① 在古希腊神话中,美人鱼常用美妙的歌声引诱水手溺水而亡。
② 塞壬(Siren):古希腊神话中人首鸟身的女海妖或美人鱼,用自己的歌喉诱惑水手,使航船触礁沉没;别名"阿刻洛伊得斯"(Acheloides),意即河神阿刻罗俄斯(Achelous)的女儿们。
③ 猜想(supposition):指把塞壬的金发当成床。
④ 暗指在性高潮中死去。
⑤ 爱神(Love):应指罗马神话中的爱神维纳斯。

| 露西安娜 | 怎么！说出这种话，您疯了？ |
| 叙安 | 没疯，却受了爱的迷惑①，我也不知怎么回事。 |
| 露西安娜 | 它是从您眼里滋生的罪过。 |
| 叙安 | 因为在近处凝望您，这美丽的太阳光。 |
| 露西安娜 | 凝望该凝望的地方，那能让您视野清晰。 |
| 叙安 | 若闭上双眼，甜美的心爱之人，便如同眼望黑夜。 |
| 露西安娜 | 您为何称我"心爱之人"？该这样称呼我姐姐。 |
| 叙安 | 称呼你姐姐的妹妹。 |
| 露西安娜 | 称呼我姐姐。 |
| 叙安 | 不！在称呼您，我的另一半，另一个自我，我眼里清晰的眼，我宝贵心里更宝贵的心，我的食粮，我的命运，我甜美希望的目标，我唯一的人间天堂，我天堂里的唯一希望。 |
| 露西安娜 | 这些话都该对我姐姐说，不要对我说。 |
| 叙安 | 叫自己姐姐，亲爱的，因为我就是你。我爱的是你，要同你一起生活。你还没有丈夫，我也没有妻子。 |

---

① 受了爱的迷惑（mated）：指找到了配偶。

|  |  |
|---|---|
|  | 把手伸给我。 |
| 露西安娜 | 啊!等一下,先生,您先打住。 |
|  | 我去找我姐姐,她同意才行。(下。) |

(叙德跑上。)

| 叙安 | 喂,怎么了,德罗米奥,去哪儿跑这么快? |
|---|---|
| 叙德 | 您认识我,先生?我是德罗米奥?是您的仆人?是我自己? |
| 叙安 | 你是德罗米奥,是我的仆人,是你自己。 |
| 叙德 | 我是一头驴,是一个女人的男人,不归自己。 |
| 叙安 | 什么女人的男人?怎么叫不归自己? |
| 叙德 | 以圣母马利亚起誓,先生,不归自己,我归一个女人。那女人①要我归她,她缠着我,要占我便宜。 |
| 叙安 | 凭什么要你归她? |
| 叙德 | 以圣母马利亚起誓,先生,正如您要您的马归您,她要我像头牲口似的归她,——她想要我,并非因为我是头牲口②,只因她是一头兽性十足的牲口,要我归她。 |
| 叙安 | 她是谁? |
| 叙德 | 非常可敬的一个人。对,但凡是个男人,开口先 |

---

① "那女人"即阿德里安娜的仆人露丝。后文中的"内尔"也指露丝。
② 牲口(a beast):与"受屈辱"(abased)谐音双关。在伊丽莎白时代,"beast"发音几与"baste"(殴打;大骂)相同。

叙安　　　　把手伸给我。
露西安娜　　啊！等一下，先生，您先打住。
　　　　　　我去找我姐姐，她同意才行。(下。)

说"失敬失敬"。这门亲事，对我算瘦小的运气，对她却是一桩肥极了的婚姻。

叙安　什么意思——一桩肥极了的婚姻？

叙德　以圣母马利亚起誓，先生，她是个厨娘，满身油脂①，我不知拿她干什么用，除非弄成一盏油灯，借着她的油光飞逃。我保证她的破衣烂衫和衣服里的肥油，能在波兰烧一个冬天②。她若能活到最后审判日③，她能在烧光整个世界后，再多烧一礼拜。

叙安　什么肤色？

叙德　黝黑，像我的鞋，可她的脸，弄得还没我鞋干净。为什么？她出汗太多，谁一脚踩上去，那汗垢能把鞋擦亮。

叙安　这毛病，水一洗就好。

叙德　不灵，先生，都腻在肉里，诺亚的大洪水④也冲不净。

---

　① 油脂(grease)：与"优雅"(grace)谐音双关。具反讽口吻，意即她的优雅全在一身肥油。

　② 波兰冬季漫长，叙德以此调侃厨娘身上的油脂之厚腻。

　③ 最后审判日(doomsday)：世界末日。基督教认为，世人将在这一天接受上帝的末日审判。参见《新约·彼得后书》3：7—12："现在的天和地同样凭上帝之言保留下来，要等不虔敬之人受审判、被消灭那一天，用火烧毁。……在那日，诸天要被烧毁，天体在烈焰中熔化。"

　④ 诺亚的大洪水(Noah's flood)：《圣经》中所记诺亚时代的大洪水，详见《旧约·创世记》第7章"大洪水"，即诺亚方舟的故事。

叙安　她叫什么?

叙德　内尔,先生。但在她名字上再加四分之三,——等于一厄尔①又四分之三,——还不够围着屁股量一圈。

叙安　那她承载面够宽的?

叙德　从头到脚,也没屁股一圈长,她长成球形,像个地球,能从身上找见好些国家。

叙安　爱尔兰,长在身子哪个部位?

叙德　以圣母马利亚起誓,先生,在屁股上,我见那儿有沼泽②。

叙安　苏格兰在哪儿?

叙德　在她干巴巴、粗硬的手掌心里。

叙安　法兰西在哪儿?

叙德　在她脑门上,顶盔掼甲、收复失地③,正在跟头发④交战。

叙安　英格兰在哪儿?

---

① 厄尔(ell):旧时量布的长度单位,一厄尔等于45英寸(115厘米)。内尔的臀围达80英寸,意即大肥屁股。莎士比亚在此将露丝的名字改为"内尔"(Nell),意在与"厄尔"(ell)谐音双关。

② 沼泽(bogs):亦指"肛门"。

③ 顶盔掼甲、收复失地(armed and reverted):可能暗指梅毒、掉发。

④ 头发(hair):与"王位继承人"(heir)谐音双关,意即法兰西正在为争夺王位继承权打仗。

叙德　我找过白垩崖①,一颗白牙也没找见。但估摸英格兰在她下巴上,隔着那条咸鼻涕②,与法兰西隔海相望。

叙安　西班牙在哪儿?

叙德　说实话,没看见,但我能从火辣③的呼吸里感受到。

叙安　美洲和西印度群岛在哪儿?

叙德　啊! 先生,在她鼻子上。那里满满装饰着红宝石、红玉、蓝宝石④,俯视着西班牙的火辣之气,西班牙派出大批船队,到她鼻子上装载宝物。

叙安　比利时跟荷兰,位置在哪儿?

叙德　啊,先生,我没往那么低的地方看。一句话,这苦工,这巫婆,硬要我归她。叫我德罗米奥,发誓说我跟她订过婚。她能说出我身上有什么私密记号,比如我肩膀上的疤痕,脖子上的痣,左胳膊上的大疣子,把我吓坏了,拿她当巫婆,赶紧跑开。

　　我想,如果不是信仰造了我的胸膛,钢铁造了我的心⑤,

---

① 白垩崖(chalky cliffs):英吉利海峡最窄处的白垩质悬崖,亦称多佛白崖。亦具双关意,暗指牙齿。

② 咸鼻涕(salt rheum):具双关意,指英吉利海峡。按叙德的比喻,法兰西位于前额,英格兰位于下巴,中间的咸鼻涕、眼泪恰如英吉利海峡。

③ 火辣(hot):内尔爱吃辛辣食物,呼吸里透出火辣之气。

④ 以珍贵的宝石暗指内尔因爱吃辛辣导致脸上生疮、起疹子。

⑤ 参见《新约·以弗所书》6:13:"因此,你们要以上帝所赐的武器装备自己,好在险恶的日子里抵抗敌人的攻击,战斗到底,守住阵地。"

|||她早把我变成一条剪短了尾巴的狗,叫我踩着烤轮转①。|
|---|---|---|
|叙安||你立刻动身,赶紧去港口。——只要风吹向大海,今夜我就不在这城里待。——哪怕只有一艘小船起航,来市场找我,我在那儿闲逛,等你来。|
|||要是谁都认得咱们,咱们一个不认识,<br>我想,该趁早收拾行囊,卷铺盖走人。|
|叙德||人见了一头熊,得赶紧逃命,<br>她要做我老婆,我也要飞逃。(下。)|
|叙安||不是女巫不住这儿,所以我该立刻动身。叫我丈夫的那个女人,她要当我老婆,连我的灵魂都充满厌恶。倒是她漂亮的妹妹,具有那样一种温柔至极的优雅,外表和谈吐如此迷人,差点儿叫我出卖自己。|
|||要堵住耳朵,不听美人鱼的歌声,<br>以免不由自主,对自己犯下罪过。|

(金匠安杰洛拿项链上。)

| 安杰洛 | 安提福勒斯主人,—— |
|---|---|
| 叙安 | 嗯,那是我的名字。 |

---

① 旧时大厨房里常用剪短尾巴的小狗踏着内置烤肉叉的转轮转圈。

安杰洛　我一清二楚，先生。瞧，这儿是项链。(递过项链。)本想在豪猪旅店赶上您。项链还没打好，耽误我这么久。

叙安　拿这条项链，要我干什么用？

安杰洛　怎么高兴怎么用，先生。反正我给您打好了。

叙安　给我打好了，先生！我没预订过。

安杰洛　不是一次，也不止两次，订了不下二十次。拿它回家，用来讨老婆高兴，过会儿吃晚饭我再来，那时您把项链钱给我。

叙安　我请您，先生，现在拿上钱，因为我怕您，甭管项链还是钱，休想再见到。

安杰洛　您真会说笑，先生，再见。(留下项链；下。)

叙安　这到底怎么回事？我说不清。
　　　　不过试想，世上没谁那么傻，
　　　　拒收一条送上门的漂亮项链。
　　　　我看一个人在这儿，谋生无须耍把戏，
　　　　在街头遇见谁，就有黄金礼物送上来。
　　　　我要去市场，在那儿等德罗米奥，
　　　　只要有船出港，我们就立刻离开。(下。)

# 第四幕

# 第一场

## 以弗所一广场

[商人乙、金匠安杰洛与一(官差)狱吏上。]

商人乙　（向安杰洛。）您知道,从圣灵降临节[1]那天起,这笔钱就到期了,我并没再三催您。若不是要去波斯,旅行缺钱,现在我也不会张口。因此请您立刻付款,不然,我要这位官差把您逮起来。

安杰洛　我欠您这笔钱,正巧跟安提福勒斯欠我的钱数一样。遇见您的时候,刚拿走我一条项链。五点钟[2],我就能拿到这笔钱。请您跟我一起溜达着去他家,我就能清偿欠款,并向您道谢。

---

① 圣灵降临节(Pentecost):基督教的节日,每年复活节之后的第七个星期日,又称"五旬节",最初是犹太人的重要节日。参见《新约·使徒行传》2:1—4:"五旬节那一天,信徒都聚到一个地方。忽然有声音自天而降,仿佛刮过一阵大风,充满他们坐着的整个屋子。他们又看见形状似火焰的舌头,散开、停落在每个人身上。他们都被圣灵充满,按圣灵所赐的才能,说起别国的话。"

② 下午五点,在莎士比亚时代通常是吃晚饭的时间。

（以安与以德自妓女家出来，上。）

狱吏　　不劳您跑这趟。瞧，他来了。

以安　　我去金匠家，趁这时候，你去买一根绳子头儿①。我要把它用在我老婆和她的同谋身上，谁叫他们大白天把我锁在门外。——稍等！我看见金匠了。——你走吧，买根鞭子，给我带回家。

以德　　买根绳子！一年买一千镑！②（下。）

以安　　（向安杰洛。）谁要信任您，您真靠得住！您答应我带着链子来，但链子，金匠，我一样没等来。或许您觉得，一旦链子把咱们的友谊锁一块儿，便会长久下去，因此就没来。

安杰洛　冒昧打断您的笑话，这是单据，（展示一纸单据。）写明您的链子最后重多少克拉，金子的成色，精细的手工，总数比我欠这位先生的钱，还多三达克特③。请您立刻还钱给他，因为他要出海，急等钱用。

以安　　我手头没备现款，再说，在城里还有事。好心

---

① 绳子头儿(a rope's end)：用绳子头儿当鞭子，可以打人。
② 原文为"I buy a thousand pound a year! I buy a rope!"。此句意思既含糊，又费解。"镑"(pound)有"打"(beatings)的双关意，此句或有两层含义：一是买根绳子，一年打一千下；二是买根绳子打人，高兴得他好似一年得了一千镑。
③ 达克特(ducats)：旧时曾流行于欧洲各国的一种金币，币值不等。在威尼斯，一达克特约合英格兰四五先令。意即还多三块钱。

|||
|---|---|
| | 的先生,带这位客人去我家,您拿着链子,叫我妻子按票据上写的数目付钱。没准,我跟您前后脚到。 |
| 安杰洛 | 那还是您自己把链子带给她。 |
| 以安 | 不,您拿着,怕万一我没赶上趟。 |
| 安杰洛 | 那好,先生,我拿着。链子您随身带着吧? |
| 以安 | 不在我这儿,先生,希望您带着,否则,拿不到钱,白跑一趟。 |
| 安杰洛 | 不,好吧,我请您,先生,把链子给我。风和潮汐在恭候这位先生。①耽误他那么久,都怪我。 |
| 以安 | 仁慈的主!您扯这闲话,在给您不守承诺没去豪猪旅店找理由。您没带链子来,该我责怪您才对,您反倒像个泼妇似的,先闹起来。 |
| 商人乙 | (向安杰洛。)时间溜走了,我请您,先生,赶快。 |
| 安杰洛 | (向以安。)您听到他催我多紧——链子! |
| 以安 | 哎呀,把它给我老婆,就能拿到钱。 |
| 安杰洛 | 行了,行了,要知道我刚把它给了您。要么我拿上链子,要么您给个凭据。 |
| 以安 | 呸!您这玩笑开过火了。哼,项链在哪儿?请您让我看一眼。 |

---

① 原文为"Both wind and tide stays for this gentleman."。意即顺风,涨潮,这位先生正好出海。

| | |
|---|---|
| 商人乙 | 我还有事,受不了这种耍弄。——(向以安。)好心的先生,说吧,您付不付钱,不付钱,我就把他交给官差。 |
| 以安 | 付您钱!付您什么钱? |
| 安杰洛 | 您欠我的项链钱。 |
| 以安 | 拿到项链之前,我什么都不欠您。 |
| 安杰洛 | 要知道我半小时前给了您。 |
| 以安 | 什么也没给,要这么说,您太冤枉我了。 |
| 安杰洛 | 不承认拿了,先生,您更冤枉我。想想这多影响我的信誉! |
| 商人乙 | 好吧,官差,根据我的起诉,逮捕他。 |
| 狱吏 | 照办。——(向安杰洛。)我以公爵的名义,命令您服从。 |
| 安杰洛 | (向以安。)这损害了我的名誉。——要么同意付我这笔钱,要么让这位官差把您抓起来。 |
| 以安 | 从没拿过你东西,却要同意付你钱!逮我吧,蠢家伙,只要你敢。 |
| 安杰洛 | (向狱吏。)这是你的酬劳①。(递钱。)逮捕他,官差。——如此公开鄙视我,就算是我兄弟,也不轻饶! |
| 狱吏 | (向以安。)您听到指控了,先生,我要逮捕您。 |

---

① 酬劳(fee):旧时官差出公务办案之类,可收取私人付给的酬劳。

| | |
|---|---|
| 以安 | 听你的,等我交了保释金再说。——(向安杰洛。)只是,小子,您要为这玩笑付出昂贵代价,贵到把您店里的金银全赔上。 |
| 安杰洛 | 先生,先生,我在以弗所享有法定权利,您彻底丢了脸,没说的。 |

(叙德上。)

| | |
|---|---|
| 叙德 | (向以安。)主人,有条埃比达米乌姆的小船,只等船主登船,随后起航。咱们的货物,先生,我已经搬上船。油、香脂、烧酒,都办妥了。船已准备停当,欢快的顺风从陆地上吹来。除了船主、船长和您本人,不等谁了。 |
| 以安 | 怎么!疯子!哎呀,你这头蠢羊①!哪有什么埃比达米乌姆的船在等我? |
| 叙德 | 您派我去雇的一条船。 |
| 以安 | 你这个醉酒的奴才,我派你去买根绳子,还告诉过你到底干吗用。 |
| 叙德 | 派我去买上吊绳②?先生,明明派我去港口找条船。 |
| 以安 | 得了闲空再争辩这件事,我要教会您两只耳朵 |

---

① 蠢羊(peevish sheep):傻瓜。"羊"(sheep)与下句中的"船"(ship)谐音。
② 上吊绳(a rope's end):在此一般作两解:一是打人的鞭子,二是上吊的绳索。似以后者为妥。

　　　　　多留心听我说。你这无赖,立刻去找阿德里安娜,交她这把钥匙(递一钥匙。),跟她说,在那张盖着土耳其花毯的书桌上,有一袋达克特①,让她送来。告诉她,我在街上被拘捕,那笔钱能保释我。赶快,奴才,快去。——走,官差,到牢里等着送钱来。(除叙德外,众下。)

叙德　　去找阿德里安娜!就是我们刚才吃饭的地儿。那儿有个"杜莎贝拉"②非要我当她丈夫。她个头太大,我寻思,一把抱不过来。

　　　　　尽管不情愿,但非去不可,
　　　　　仆人必须满足主人的心愿。(下。)

---

① 一袋达克特(a purse of ducats):一袋金币。
② 杜莎贝拉(Dowsabel):此词源于法语,用来指称"情人""甜心""漂亮女郎"等。在此代指胖厨娘"内尔"。

# 第二场

以安家中一室

（阿德里安娜与露西安娜上。）

| | |
|---|---|
| 阿德里安娜 | 啊！露西安娜，他真这样勾引你？<br>从眼神里，你能客观觉察出他真心求爱？是，还是不是？<br>他脸色发红，发白？难过，还是欢快？<br>这种情形下，你观察到什么精神失常，<br>他内心的流星刺在他脸上①？ |
| 露西安娜 | 他先否认您对他有任何权利。 |
| 阿德里安娜 | 意思是对我毫无义务。这叫我更悲伤。 |
| 露西安娜 | 随后他发誓，说自己在这儿是异乡人。 |
| 阿德里安娜 | 誓言是真话，可他抛弃了当初的誓言。② |

---

① 原文为"Of his heart's meteors tilting in his face?"。意即在他脸上是否看到情感的交战？朱生豪译为："看出他心里激情的矛盾和对抗？"梁实秋译为："是他的热情冲到了他的脸上？"

② 意即他说这里是异乡，此话不假，但他放弃了他作为丈夫的誓言。

阿德里安娜　啊！露西安娜，他真这样勾引你？

| | |
|---|---|
| 露西安娜 | 然后我替您恳求。 |
| 阿德里安娜 | 他怎么说? |
| 露西安娜 | 我央求他爱您,他央求我爱他。 |
| 阿德里安娜 | 他拿什么动听话引诱你的爱情? |
| 露西安娜 | 若是真心求爱,那话能打动人。<br>他先夸我美貌,后赞美我口才。 |
| 阿德里安娜 | 你怂恿他那么说的? |
| 露西安娜 | 请你,要有耐心。 |
| 安德里安娜 | 我没耐心,也忍不了,无法沉默不语。<br>我心虽不能言语,舌头却能把他唾骂。<br>他畸形、驼背,又老又干巴,<br>一脸病态,身子骨糟糕,浑身丑怪,<br>邪恶、粗鲁、蠢笨、愚钝、刻薄,<br>身子奇形怪状,心灵更丑陋不堪。 |
| 露西安娜 | 这样一个男人谁会爱惜?<br>祸患消失,不必为丢了祸患痛心。① |
| 阿德里安娜 | 啊!我对他心里想的比嘴上说得好,<br>倒希望在别人眼里,他很糟糕。<br>田凫②远离它的窝,大叫着飞去, |

---

① 原文为"No evil lost is wailed when it is gone."。朱生豪译为:"依我说你就干脆让他滚蛋也罢。"梁实秋译为:"坏东西丢掉最好,无须哀悼。"

② 田凫(lapwing):一种鸟,又称凤头麦鸡。为保护窝里的雏鸟,当有猎人临近,为分散猎人的注意力,会大叫着向远处飞去。

|  |  |
|---|---|
|  | 我舌头在诅咒,心在为他祈祷。 |

(叙德手拿钥匙,跑上。)

| 叙德 | 到了,去。——书桌,钱袋!亲爱的①,现在,赶快! |
|---|---|
| 露西安娜 | 喘不过气来,怎么搞的? |
| 叙德 | 跑得太快。 |
| 阿德里安娜 | 德罗米奥,你主人在哪儿?他还好吗? |
| 叙德 | 不好,他被关在塔尔塔监牢②,比地狱更糟。 |
|  | 一个穿经久耐磨黄牛皮制服③的魔鬼抓了他, |
|  | 一排铁扣子把那个人冷酷的心扣在衣服里。 |
|  | 一个恶魔,一个精灵,无情又粗暴; |
|  | 一头狼,不,比狼狠,一个穿牛皮制服的家伙; |
|  | 一个假朋友,一个拍肩膀抓人的捕 |

---

① 亲爱的(Sweet):在此为表示亲近的泛称,并无冒犯之意。有编本将此改为"一身汗"(sweat)。

② 塔尔塔监牢(Tartar limbo):"塔尔塔"即"塔尔塔罗斯"(Tartarus),古希腊神话中受苦刑之地。"limbo"亦指地狱。

③ 经久耐磨黄牛皮制服(everlasting garment):旧时狱吏所穿统一的淡黄色牛皮制服。亦可译为"永不褪色的号衣"。

| | |
|---|---|
| | 快①，禁止穿行人来人往的小巷、弯曲小路和狭窄的田垄； |
| | 一条方向跑反、还能靠闻味儿追踪猎物的猎犬；② |
| | 在末日审判日之前，先将可怜的灵魂送入地狱。③ |
| 阿德里安娜 | 哎呀，小子，到底怎么回事？ |
| 叙德 | 不知怎么回事，反正是犯案被捕。 |
| 阿德里安娜 | 怎么，被捕了？告诉我谁指控的？ |
| 叙德 | 不知道谁指控，反正人已被抓捕。但我能说清，穿牛皮制服的抓了他。女主人，书桌上的钱，您愿送去保释他吗？ |
| 阿德里安娜 | 妹妹，去拿一下。(露西安娜下。)——他背着我，欠了人家债，这事我觉得奇怪。——告诉我，他被抓，凭的是一张债券④？ |

---

① 一个拍肩膀抓人的捕快(a shoulder-clapper)：先拍人肩膀为旧时官差抓人时的习惯性动作。

② 方向跑反(runs counter)："反方向"(counter)或与位于威斯敏斯特厅(Westminster Hall)下方的"欠债人监狱"(Counter)谐音双关。"靠闻味儿追踪"暗指狱吏抓捕人。

③ 此句具双关意，意即在法庭依法裁决之前，先将可怜的欠债人关入大牢。1869年《债务人法案》(Debtors' Act Detail)公布之前，民事案件可在审理之前先行将嫌犯拘押。

④ "债券"(band)具双关意：一是指债券(band)，二是指(16、17世纪流行的高而硬的)皱领。故叙德在下句中，以"一条皱领"(a band)接话茬。

| | |
|---|---|
| 叙德 | 没凭一条皱领,凭一样更硬的东西;—— |
| | 一条链子,一条链子。——您没听见响? |
| 阿德里安娜 | 什么,链子响? |
| 叙德 | 不,不,钟声。——我该走了。 |
| | 离开他之前两点,刚才钟敲了一下。① |
| 阿德里安娜 | 钟点往回转!从没听说过。 |
| 叙德 | 啊,对,任何钟点遇见捕吏,都吓得往回走。② |
| 阿德里安娜 | 好像时间欠了债!多蠢的说法! |
| 叙德 | 时间是个破产户,欠债太多,不值一赎。 |
| | 何况,您没听说,时光老人还是个贼? |
| | 甭管白天、黑夜,总是偷偷摸摸地来。 |
| | 倘若欠债又做贼,路上遇见捕吏, |
| | 难道没理由每天往回倒一个小时? |

(露西安娜携钱袋上。)

| | |
|---|---|
| 阿德里安娜 | 德罗米奥,拿了钱,赶快去, |

---

① 此句为叙德调侃的说法,意即刚才是两点,现在是一点。故阿德里安娜下句说:"钟点往回转!"

② 钟点(hour):在此具谐音双关意,暗指"妓女"(whore)或"欠债人"(ower)。此句意即随便哪个妓女或欠债人遇见执法吏,都会吓得掉头就走。

立刻把你主人带回家。(叙德携钱袋下。)

来,妹妹,胡思乱想压着我,

猜想是得安慰,还是受伤害。(同下。)

# 第三场

## 以弗所一广场

(叙安上。)

叙安　没一个遇见的人不向我打招呼,好像我跟他们是熟朋友。每个人都喊我的名字,有人付我钱;有人邀请我;还有人谢我好心相帮;有人向我兜售货品。——甚至刚有个裁缝把我叫到店里,给我看早替我买好的绸缎,随即给我量尺寸。这些肯定只是想象的错觉,这儿住的净是拉普兰①巫师。

(叙德携钱袋,上。)

叙德　主人,这儿是您派我取来的金币。——怎么！您把穿了身新皮衣的老亚当②甩掉了？

---

① 拉普兰(Lapland):斯堪的纳维亚半岛最北端一地区。在古代传说中,拉普兰人以擅长巫术出名。

② 指穿牛皮制服的捕吏。老亚当(old Adam):在《圣经》中,人类始祖亚当、夏娃偷吃禁果后有了羞耻之心,第一次以兽皮裹身。详见《旧约·创世记》3:21:"主上帝用兽皮做衣服,给亚当和他的妻子夏娃穿。""穿了身新皮衣"(new-apparelled, i.e. a new suit of clothes):"新皮衣"在此具双关意,亦指"一件新诉讼案"(a new lawsuit)。

叙安　这金币是干吗的？你说亚当是什么意思？

叙德　说的不是那个守伊甸园的亚当①，是那个管监狱的亚当。那人为浪子回家，杀了头小肥牛犊，又用牛犊皮做衣服②，他刚跟在您身后，先生，像个邪恶的天使③，叫您离弃自由。

叙安　不懂你说的什么。

叙德　不懂？哎呀，这件事明摆着，他就像一把装在皮匣子里的低音提琴④。那个人，当人们累了，先生，就让他们喘息一下，把他们抓起来⑤。他同情破产之人，给他们几套耐穿的衣服⑥。他押上所有赌注⑦，更会用短棒⑧，而不是摩尔长矛⑨立战功。

---

① 参见《旧约·创世记》2∶15："主上帝把那人（亚当）安置在伊甸园，叫他耕种，看守园子。"

② 父亲为回头浪子杀小肥牛设宴庆祝，是《圣经》中的故事，详见《新约·路加福音》第 15 章。但《圣经》中并未说用牛犊皮做衣服，只说"赶快拿最好的衣服给他穿上"。此处指的是捕吏的牛皮制服。

③ 邪恶的天使（evil angle）：亦称恶天使或堕天使，应指上帝身边的堕落成魔鬼撒旦的天使路西弗（Lucifer）。抑或泛指《圣经》中九大堕天使之一。

④ 低音提琴（bass-viol）：中世纪的六弦低音提琴。具双关意，暗指"卑鄙+邪恶"（base+vile）。意即那个人坏透了。

⑤ 把他们抓起来（'rests, i.e. arrests them）：具双关意，亦指让他们休息（lets them rest）。

⑥ 耐穿的衣服（suits of durance）：具双关意，指囚服。

⑦ 押上所有赌注（sets up his rest）：原指在牌戏中押上全部赌注，在此暗指下定决心抓捕犯人。

⑧ 短棒（mace）：专指抓人的官差狱吏使用的短棒，即后来的警棍。

⑨ 摩尔长矛（morris-pike）：原指摩尔人使用的长矛（Moorish pike），意即一种可怕的令人畏惧的矛枪。此句暗讽官差狱吏只会用短棒抓人，不会用矛枪作战。

叙安　嘿,你指的是官差。

叙德　对,先生,官差里的捕吏。谁违反契约,他叫谁担责。他觉得人总要上床睡觉,他的口头禅是"上帝赐您好生安歇①!"

叙安　好了,小子,您装傻充愣也该歇歇。今晚可有船出海?我们能动身吗?

叙德　哎呀,先生,一小时前我告诉过您,有条"远征号"船今晚启航,然后,您被捕吏拦住,等着上一条"延迟号"独桅小船②。这是您派我取来的"天使们"③。(递钱袋。)

叙安　这家伙疯了,我也一样。我们都在幻觉里游荡。哪有神圣之力带我们离开这儿!

(一妓女上。)

妓女　巧了,巧了,安提福勒斯先生。看得出,先生,您找见了金匠。那就是您今天答应我的项链?

叙安　撒旦④,走开!我命你,别引诱我!

叙德　主人,这位是女主人撒旦?

---

① 安歇(rest):具双关意,亦指抓捕(arrest)。
② 独桅小船(hoy):专指17世纪一种沿海捕鱼、载客、做买卖的小船。
③ "天使们"(angels):指铸刻着天使像的金币。亦具双关意,指上天的神灵。
④ 撒旦(Satan):《圣经》中的堕天使,泛指魔鬼。参见《新约·马太福音》4:1—10,魔鬼在旷野试探耶稣,耶稣不受魔鬼诱惑,最后说:"撒旦,走开!圣经说:'要拜主——你的上帝,只可敬奉他。'"

叙安　　是魔鬼。

叙德　　不,更可怕,是魔鬼他老娘,一身放荡娘们儿的装扮,上这儿来了。所以婊子们嘴里说"上帝罚我下地狱",那等于说,"上帝叫我做个放荡①娘们儿"。书上说,她们出现在男人面前,活像光明的天使,光是火的标志,火能燃烧。"因此"②,放荡的婊子能烧死人③。不要靠近她。④

妓女　　您的仆人和您,都特别会说笑,先生。您愿跟我一起走吗?我们在这儿⑤吃个饭。

叙德　　主人,要是去的话,只能吃婴儿吃的稀烂饭,要不,您预备一把长柄勺。

叙安　　为什么,德罗米奥?

叙德　　以圣母马利亚起誓,与魔鬼吃饭,人手必备长柄勺⑥。

叙安　　(向妓女。)魔鬼,走开!你为什么要请我吃饭?你是个女巫师,这儿的人,都是巫师⑦。我要你离

---

① 放荡(light):具双关意,亦指"光明"(light),故下句由此言及"光明的天使"(angels of light)。
② "因此"(Ergo):此处原文为拉丁文,即英文"therefore"之意。
③ 烧死人(burn):具双关意,指传染性病。
④ 叙德这段台词,朱生豪译为:"不,她比魔鬼还要可怕,她是魔鬼的老娘,扮作婊子来迷人。不要走近她,她身上有火。"
⑤ 在这儿(at here):可能指自己的住处。
⑥ 此为一句英语俗谚。意即与恶人交往,须注意提防。
⑦ 意即你们以弗所人全是巫师。

|||
|---|---|
| | 开,快走。 |
| 妓女 | 吃午饭时您拿了我的戒指,还给我,或者,用您答应的项链,换我的钻戒,我换完就走,先生,不再搅扰您。 |
| 叙德 | 有的魔鬼只向人要剪下来的碎指甲、一根灯芯草、一根头发、一滴血、一根大头针、一枚坚果、一粒樱桃核。可她,更贪心,居然要一条链子。主人,明智点儿,您要是把链子给了魔鬼,她会摇晃着它,吓唬我们。 |
| 妓女 | 请您,先生,还我戒指,或者给我项链。希望您没想这么骗我。 |
| 叙安 | 滚,你这巫婆!——走,德罗米奥,咱们走。 |
| 叙德 | 孔雀说"骄傲滚开!"①。姑娘,这话您懂吧。 |

(叙安与叙德下。)

| | |
|---|---|
| 妓女 | 瞧,没说的,安提福勒斯疯了,不然,决干不出这种事。他拿走我一枚戒指,值四十达克特,答应给我一条等值的项链。现在,两样都不认账。理由嘛,我推断他疯了。除了刚才这一通怒气,今天午饭时他还讲了件怪事,说自己家,家门紧闭, |

---

① "骄傲滚开!"(Fly pride!):言外之意是以骄傲著称的孔雀,叫骄傲滚开,明显虚伪,如同魔鬼撒旦叫罪恶滚开。后文"这话您懂吧"意即这话里的意思您听明白了吧。

不让他进。八成是他老婆知道他犯了疯病,故意把他关在门外。我现在径直赶去他家,告诉他老婆,说他发了疯,闯进我家,强行拿走我的戒指。

这个办法最适用,因为四十

达克特是笔大钱,不能白丢。(下。)

# 第四场

## 以弗所一街道

(以安及狱吏上。)

以安　　别担心,朋友,我不会逃跑。因欠钱被捕,欠多少钱,离开之前,我一定如数给你做保金。今天我老婆脾气很怪,不会轻易信任捎话的人。我居然在以弗所被抓,跟您说,这传她耳朵里不搭调。

(以德拿着一截绳子头儿上。)

以安　　我的仆人来了,想必带了钱来。——怎么样,小子!派您取的东西,拿来了?
以德　　在这儿(递绳子),我向您保证,可以把她们一顿好打①。
以安　　那钱呢?

---

① 意即拿这鞭子,可以把不给您开门进家的女人们好好打一顿。

| | |
|---|---|
| 以德 | 嘿,先生,拿钱买了绳子。 |
| 以安 | 五百达克特,蠢材,买根绳子? |
| 以德 | 这个价,先生,能给您买五百条绳子。 |
| 以安 | 叫你赶回家,到底去干什么①? |
| 以德 | 买根绳子头儿,先生,那个头儿,我买回来了。 |
| 以安 | 为那个头儿,小子,我要欢迎您。(打他。) |
| 狱吏 | 仁慈的先生,要忍耐。 |
| 以德 | 不该教我怎么忍耐,我在厄运之中。 |
| 狱吏 | 够啦,管住你的舌头。 |
| 以德 | 不,该劝他管住拳头。 |
| 以安 | 你这个野种,没知觉的恶棍! |
| 以德 | 倒希望没知觉,先生,那样我就觉不着您的拳头。 |
| 以安 | 除了挨拳头,对什么都没反应,果真是一头驴②。 |
| 以德 | 我是一头驴,真的,凭我这双长耳朵③,您可以证明。——(向狱吏。)从我落生那一刻,到这个瞬间,一直服侍他,从他手上, |

---

① 到底去干什么(to what end):在此,以安问回家的"目的"(end)是什么? 以德下句回答那根绳子的"头儿"(end)。此为语言游戏。
② 一头驴(an ass):"驴"(ass)与"屁股"(arse)谐音双关。
③ 长耳朵(long ears):发音与"长年"(long years)相近,由此引出下文,言及长年侍候主人。

以德　　买根绳子头儿,先生,那个头儿,我买回来了。
以安　　为那个头儿,小子,我要欢迎您。(打他。)
狱吏　　仁慈的先生,要忍耐。

|  |  |
|---|---|
|  | 侍奉除了换拳头,什么也换不来。我冷了,他打得我发热;我热了,他打得我发冷;我睡了,他打醒我;我坐下,他把我打起来;从家里出去时,他把我打出家门;回家时,他用拳头欢迎,不,我俩肩膀挨的拳头,活像一个叫花子驮着孩子。我想,等他把我打瘸,我就拖着腿挨门挨户乞讨。|
| 以安 | 行了,你去吧。我老婆从那边来了。|

[阿德里安娜、露西安娜、妓女及品奇博士(简称品奇)上。]

| 以德 | (向阿德里安娜。)女主人,"想一下您的下场"①,考虑一下您的结局,或者干脆,像鹦鹉似的,说一句预言"当心绳子头儿"。|
|---|---|
| 以安 | 还不停嘴?(打他。) |
| 妓女 | (向阿德里安娜。)您有什么说的?您丈夫疯了吧? |
| 阿德里安娜 | 他的粗蛮确认了他发疯。——好心的品 |

---

① "想一下您的下场"(respice finem):此处原文为拉丁文,意即牢记永恒之救赎。虔诚人家养鹦鹉,惯常教这一句。由此,以德拿下句"当心绳子头儿"(beware the rope's-end)来调侃,意即当心刽子手的绞索(respice funem)。因"finem"与"funem"拼写一字母、一读音之区别,故也有养鹦鹉之人,为搞笑,故意教鹦鹉学说这句不祥之语。

|||
|---|---|
| | 奇博士①,您是位魔法师,重新建立他的牢靠感知②,您有什么要求,我一定满足。 |
| 露西安娜 | 唉,他的神情,多暴躁、多愤怒! |
| 妓女 | 瞧,他狂怒得浑身发抖! |
| 品奇 | (向以安。)手给我,让我感觉一下脉动③。 |
| 以安 | 手在这儿,让它感觉一下您的耳朵。(打品奇。) |
| 品奇 | 我命令你,撒旦,不要在此人体内安家,听从我神圣的祷告,径直赶回你黑暗的王国④。我借上天所有圣徒之名,驱除你! |
| 以安 | 安静⑤,愚蠢的巫师,安静!我没疯。 |
| 阿德里安娜 | 啊,但愿你没疯,可怜遭罪的灵魂! |
| 以安 | 您这贱妇,您,这些都是您的顾客?是这个黄面孔的流氓,今天在我家狂欢、饱餐?就那时候,向我关上罪恶之门,不让我进自己家? |

---

① 在此,博士是对有学问之人的尊称。品奇并非医学博士。旧时认为妖魔神鬼讲拉丁文,因品奇博士精通拉丁文,故被认为能驱逐邪魔。

② 重新建立他的牢靠感知(establish him in his true sense again.):让他神志恢复清醒。

③ 感觉一下脉动(feel pulse):让我号一下脉。

④ 你黑暗的王国(thy state of darkness):你的地狱。参见《新约·马可福音》9:25:"耶稣见群众围拢过来,便严厉命令那污灵:'你这聋哑鬼,我命令你从这孩子身上出来,不准再进去。'"《新约·彼得后书》2:4:"上帝并没有宽容犯罪的天使,却把他们丢进地狱,囚禁在黑暗中,等候审判。"

⑤ 安静(peace):《圣经》中多有教导人安静之语。

| | |
|---|---|
| 阿德里安娜 | 啊,丈夫,上帝知道,您在家吃的饭。您若到现在一直待在家里,就能免遭这些诽谤和这一公开羞辱! |
| 以安 | 在家吃的饭!——(向以德。)你这无赖,你说呢? |
| 以德 | 先生,照实说,您没在家吃饭。 |
| 以安 | 家门都上了锁,把我关在外面,对吧? |
| 以德 | 以上帝起誓①,家里门都锁了,您被关在外面。 |
| 以安 | 是不是她在那儿亲口骂的我? |
| 以德 | 不说谎,她在那儿亲口骂的您。 |
| 以安 | 她厨房里的女佣也责骂、奚落、嘲笑我了吧? |
| 以德 | 没错,她厨房里的火灶神②嘲笑您了。 |
| 以安 | 我一怒之下,从那儿离开的? |
| 以德 | 您确实怒了,——我骨头可以做证,因为它感受过这发怒的威力。 |
| 阿德里安娜 | (向品奇。)他满口捏造,就这么顺着他? |
| 品奇 | (旁白。向阿德里安娜。)这不丢脸。这家伙熟悉他的秉性,何况,假装同意,能安抚他的 |

---

① 以上帝起誓(perdie):源自法语"par dieu, i.e. by God."。
② 厨房里的火灶神(kitchen-vestal):此为对厨房女佣的反讽。火灶神(vestal)源于维斯塔(Vesta),维斯塔为古罗马神话中守护火灶神维斯塔神庙(Temple of Vesta)的处女祭司,亦称女灶神。罗马人视维斯塔为财富的象征,认为神庙倒塌象征罗马覆亡。

|||
|---|---|
| | 狂怒之气。 |
| 以安 | 你买通那个金匠,把我抓起来。 |
| 阿德里安娜 | 哎呀,我派了人送钱保释您。就是这个德罗米奥,他赶回家取的钱。 |
| 以德 | 我取的钱!您大概送的美好祝愿。但千真万确,主人,我一文铜钱儿也没拿。 |
| 以安 | 你没去找她拿那一袋达克特? |
| 阿德里安娜 | 他来找我,我给了他。 |
| 露西安娜 | 我做证,姐姐把钱袋给他了。 |
| 以德 | 上帝和做绳子的可以给我做证,派我去,只为买一根绳子! |
| 品奇 | 夫人,魔鬼附在这主仆二人身上。由他们死一般惨白的脸色,我弄清了。必须把他们捆起来,放进一间黑屋子。① |
| 以安 | (向阿德里安娜。)说,你今天为什么把我锁在门外?——(向以德。)你为什么不承认那袋金币? |
| 阿德里安娜 | 温和的丈夫,我没把你关在门外。 |
| 以德 | 温和的主人,我没拿金币。但我承认,先生,咱们被关在门外。 |

---

① 参见《新约·马可福音》5:2—3:"耶稣一上岸,就遇见一个从墓穴里出来的人。此人被污灵附身,一向住在坟地里,没人能控制他,铁链也锁不住。"

| | |
|---|---|
| 阿德里安娜 | 骗人的恶棍,两件事都说假话。 |
| 以安 | 骗人的娼妓,你一切都是假的。你和一群该下地狱的家伙合伙共谋,对我进行令人憎恶的卑鄙嘲笑。我要用满手指甲把你虚伪的双眼挖出来①,叫它瞧瞧我这耻辱的笑话!(威胁阿德里安娜。) |

(三四人上,将以安捆住。)

| | |
|---|---|
| 阿德里安娜 | 啊,捆住他,捆住他!别叫他靠近我。 |
| 品奇 | 多几个帮手!——他身体里的魔鬼很强大。 |
| 阿德里安娜 | 唉,可怜的人,他脸色那么苍白、无血色! |
| 以安 | 怎么,要谋害我?——(向狱吏。)你这狱吏,你,我是你的囚犯。你能容忍他们把我非法带走? |
| 狱吏 | 诸位,放开他。他是我的囚犯,你们不能抓他。 |
| 品奇 | 去把这个人捆了,他也疯了。(众人捆绑以德。) |
| 阿德里安娜 | 你这蠢官差,你要干什么?你乐意看一个可怜人虐待、作践自己? |
| 狱吏 | 他是我的囚犯,放走了他,我得替他还债。 |
| 阿德里安娜 | 离开之前,我愿跟你把账算清。马上带我 |

---

① 参见《新约·马太福音》5:29:"假如你右眼使你犯罪,把它挖出来,扔掉!损失身体的一部分比整个身体陷入地狱好得多。"

|  |  |
|---|---|
|  | 去见债主，等问清欠的总数，我一笔还清。——好心的博士先生，把他安全送回我家。——啊，顶倒霉的一天！ |
| 以安 | 啊，顶可恨的娼妓！ |
| 以德 | 主人，为您，我在这儿挨了捆。 |
| 以安 | 给我滚，你这无赖，为什么要激怒我？ |
| 以德 | 您乐意遭人捆绑一声不吭？仁慈的主人，做个疯子，大声喊"魔鬼"①！ |
| 露西安娜 | 愿上帝帮助两个可怜的灵魂，他们说的多不着调！ |
| 阿德里安娜 | 带他离开这儿。——妹妹，您和我一起去。——（品奇及帮手等人带以安与以德下。）——（向狱吏。）现在说吧，谁指控把他抓起来？ |
| 狱吏 | 一个叫安杰洛的金匠。您认识吗？ |
| 阿德里安娜 | 知道此人。欠他多少钱？ |
| 狱吏 | 两百达克特。 |
| 阿德里安娜 | 说吧，怎么欠的？ |
| 狱吏 | 您丈夫买了他一条项链，欠这个钱。 |
| 阿德里安娜 | 他替我订过一条项链，还没拿到手。 |
| 妓女 | 但您丈夫今天带着满身怒气跑来我家，拿走了我的戒指，——刚见他手指上戴着那 |

---

① "魔鬼"（The devil）：求魔鬼来帮忙！

| | 戒指，——再后来遇见他，拿着一条项链。 |
|---|---|
| 阿德里安娜 | 可能是这样，可我从没见过那项链。——来，狱吏，带我去金匠那儿。我想了解这事的全部真相。 |

(叙安与叙德手持长剑上。)

| 露西安娜 | 上帝，求你发慈悲！他们又被放出来了。 |
|---|---|
| 阿德里安娜 | 拿着明晃晃的剑。咱们多叫些帮手，再把他们捆起来。 |
| 狱吏 | 快跑！他们要杀我们。(阿德里安娜、露西安娜、狱吏，吓得火速飞逃。) |
| 叙安 | 我看，这些巫师怕剑。 |
| 叙德 | 想当您老婆的那个女人，见了您就逃。 |
| 叙安 | 去人马旅店，取出咱们的东西。我希望尽快平安登船。 |
| 叙德 | 说实话，今晚住这儿，他们肯定不会害咱们。您瞧，他们不光跟咱们说话客气，还给了金币。依我看，他们是如此有人情味儿的国民，要不是那个胖成肉山的疯娘们儿硬要嫁给我，我倒真心想一直住这儿，变成一个巫师。 |
| 叙安 | 哪怕拿整座城来换，我今晚也不住这儿。所以，快走，拿上咱们的东西，登船。(同下。) |

# 第五幕

# 第一场

## 以弗所一广场

[商人乙、金匠安杰洛与一(官差)狱吏上。]

安杰洛　　抱歉,先生,耽误了您。我敢发誓,他拿了我的项链。但他顶不诚实,死不认账。

商人乙　　这人在城里名望如何?

安杰洛　　有名望,非常可敬,先生,信誉无限,深受喜爱,住这城里的人,找不出第二个。凭他一句话,我愿随时把全部家产借给他。

商人乙　　小点儿声。那边,走着的,我想是他。

(叙安与叙德上。)

安杰洛　　是他,脖子上挂的就是那条项链,拿了还赖账、死不承认。好心的先生,靠近我,我有话跟他说。——安提福勒斯先生,我实在纳闷,您干吗叫我这样丢脸、受瘪。您话说得明白,还发誓,没拿过这条项链,现

|||
|---|---|
| | 在却公然戴在脖子上，自己一点不害臊。除了叫我赔本、丢脸、关监狱①，您还对不住我这位可靠的朋友，若不是我们这场纠纷耽搁，他今天早就扬帆起航，出海了。您从我手里拿了这项链，赖得掉吗？ |
| 叙安 | 是我拿的，从没赖过。 |
| 商人乙 | 不对，您赖过，先生，还发誓说没拿过。 |
| 叙安 | 谁听见我抵赖，或发过誓吗？ |
| 商人乙 | 你亲口否认，要知道，我都是亲耳听到的。你真丢脸！坏东西！居然生生地在诚实人住的地方闲逛，可惜啦！ |
| 叙安 | 你是个恶棍，竟这样指控我。我要证明我的名誉和诚实，只要你敢自卫，立刻与你比试。 |
| 商人乙 | 我敢，谁怕你这个恶棍。 |

（二人拔剑。阿德里安娜、露西安娜、妓女及其他人上。）

| | |
|---|---|
| 阿德里安娜 | 住手，看在上帝的分儿上，别伤着他！他疯了。——来几个人，靠近他，把剑夺下来。把德罗米奥也捆上，都弄我家去。 |
| 叙德 | 快跑，主人，快跑。看在上帝的分儿上，找 |

---

① 第四幕第一场，安杰洛被拘捕，但何时及如何被释放，剧中并未交代清楚。

阿德里安娜　　住手,看在上帝的分儿上,别伤着他! 他疯了。——来几个人,靠近他,把剑夺下来。

户人家避难！这儿有座小修女院。——进去，不然，咱们就完蛋了。(二人躲进修女院。)

(修女院院长艾米丽娅上。)

| | |
|---|---|
| 艾米丽娅 | 大家，安静。你们为什么聚到这儿来？ |
| 阿德里安娜 | 把我那可怜、发了疯的丈夫，从这儿接走。让我们进去，把他捆紧，带他回家调养。 |
| 安杰洛 | 我早知道他脑子不灵光。 |
| 商人乙 | 我现在很后悔刚才拔剑。 |
| 艾米丽娅 | 这个人着了魔，多久了？ |
| 安德里安娜 | 这个礼拜，他一直沮丧、郁闷、沉着脸，跟从前比，完全变了个人。只是到今天下午，情绪才闯进狂暴的尽头①。 |
| 艾米丽娅 | 他是不是船沉大海，丢失好多财产？有哪位好朋友下葬？或在不法的爱情里②误入歧途？这是青年男子流行的罪过，两只眼睛到处乱盯。这些烦恼，他受了哪一样？ |
| 阿德里安娜 | 除了最后一样，哪样也不是，那就是，外遇常把他牵出家门。 |
| 艾米丽娅 | 为这个，您该责骂他。 |

---

① 原文为"his passion / Ne'er brake into extremity of rage."。朱生豪译为："才突然发作起来。"梁实秋译为："他才大大发作起来。"

② 在不法的爱情里(in unlawful love)：指婚姻出轨。

| | |
|---|---|
| 阿德里安娜 | 哎呀,骂过了。 |
| 艾米丽娅 | 唉,还不够严厉。 |
| 阿德里安娜 | 够严厉的,体面所能允许的事,我都做了。 |
| 艾米丽娅 | 或许只私下骂几句。 |
| 阿德里安娜 | 也当着众人骂了。 |
| 艾米丽娅 | 唉,但骂得不够。 |
| 阿德里安娜 | 那早成了我们谈话的主题。在床上,我拿话逼得他无法入睡;在饭桌上,我拿话逼得他吃不下饭。没了旁人,那是我唯一的话题,有人在场,我也常拿话点题。<br><br>我不停告诫他,这是邪恶的下流事。 |
| 艾米丽娅 | 结果,这个人变成了疯子。 |
| | 吃醋女人的恶毒吵闹,比疯狗牙齿的毒性更害人。看来你的抱怨妨碍了他的睡眠,因此他脑子变得狂乱。你说你用申斥给他开胃,吃得焦躁不安会造成消化不良。——因此,愤怒之火生出狂热,一股狂热不就是一顿疯狂?你说你用吵闹妨碍他消遣,一旦甜美的娱乐遭禁,人除了脾气变坏、愚钝忧郁,与沮丧和闹心的绝望结为亲族,一支染病的大军紧随其后①, |

---

① 原文为"at her heels a huge infectious troop / Of pale distemperatures and foes to life."。朱生豪译为:"百病丛生了。"梁实秋译为:"紧接着百病丛生。"

与生活为敌，还能有什么？甭管人，还是野兽，一旦吃饭、消遣和养生的安睡受打扰，都会发疯。

结果，正因你心生嫉妒，

吓得你丈夫不会用脑子。

露西安娜　　　　　他举止粗鲁、严厉、狂暴时，

她对他，顶多是温和地嗔怪。——

（向阿德里安娜。）您为何忍受这通责骂，不回应？

阿德里安娜　　　　她把我自身的耻辱揭了出来。——拜托诸位，进去，紧紧抓住他。

艾米丽娅　　　　　不行，哪个生灵也不能进入我的房子。

阿德里安娜　　　　那让您的仆人把我丈夫送出来。

艾米丽娅　　　　　也不行，他在我这个地方避难。①我要保护他不落入你手，直到他脑子恢复，否则，我尝试半天白费劲。

阿德里安娜　　　　我要照料我丈夫，当他保姆，伺候他的病，因为这是我的本分，除了我自己，没人能代替。因此，让我带他一起回家。

艾米丽娅　　　　　要有耐心。因为我不愿让他挪地方，直到我用灵验的方法，凭一些有益健康的药

---

① 旧时英国，刑事案和民事案的嫌犯，均可躲入教堂或其他圣所寻求庇护，以逃避法律惩罚。

|  |  |
|---|---|
|  | 汁、药物和神圣的祈祷,把他恢复成一个完好之人。这是我誓言的一部分,也是我圣职的一份慈善义务。所以,您走吧,留他在这儿,交给我。 |
| 阿德里安娜 | 我不能把丈夫留在这儿,一走了之。使夫妻分离,这坏事与您的圣洁不相称。 |
| 艾米丽娅 | 安静,走吧。把他留在这儿。(下。) |
| 露西安娜 | (向阿德里安娜。)这样轻蔑无礼,去向公爵控诉。 |
| 阿德里安娜 | 好,走。我要跪俯在他脚下,只等我的眼泪和祈求,赢得他的恩典,亲自来这儿,强行把我丈夫从院长手里带走,再起身。 |
| 商人乙 | 这会儿,我想,日晷指向了五点。很快,我敢肯定,公爵本人要经这条路去忧郁谷,这可怜的执行死刑之地,在修女院的壕沟后面。 |
| 安杰洛 | 什么原因? |
| 商人乙 | 为了看一位可敬的叙拉古商人,商人倒霉地进入这处海湾,触犯了本城的法律、禁令,为了抵罪,公开斩首。 |
| 安杰洛 | 瞧他们来了。咱们要看行刑。 |
| 露西安娜 | 给公爵下跪,别等他走过修女院。 |

（以弗所公爵偕侍从等上；叙拉古商人伊秦，光着头①，被缚；刽子手及其他官员等上。）

| | |
|---|---|
| 公爵 | 再次公开声明，如有朋友愿为他缴纳赎金，可免他一死，我们愿为他多加考虑②。 |
| 阿德里安娜 | 最神圣的公爵，要依法惩办修女院院长！③ |
| 公爵 | 她为人贤德，是位可敬的修女，做不出开罪你的事。④ |
| 阿德里安娜 | 请您恭听我说，安提福勒斯，我丈夫——当初在您再三正式要求下，我带着拥有的一切，把他变成丈夫，——在倒霉的今天，他突发一阵最凶猛的疯病，鲁莽地在街上匆匆穿行，——带着仆人，那仆人像他一样疯，——冲入市民家里，冒犯他们，拿走戒指、珠宝及一切在疯狂中看上眼的东西。我曾叫人捆上他，送回家里，与此同时，我得去为他弥补过错，他在狂乱中到处干坏事。不一会儿，不知他们怎么逃脱 |

---

① 光着头（bareheaded）：被判处斩首的犯人临刑前要剃成光头。

② 原文为"so much we tender him"。朱生豪译为："因为我们十分可怜他。"梁实秋译为："因为我很怜悯他。"

③ 原文为"Justice, most scared Duck, against abbess."。朱生豪译为："公爵老爷给我申冤！这庵里的姑子不是好人！"梁实秋译为："最高贵的公爵，我要求法办这修道院院长！"

④ 原文为"She is a virtuous and a reverend lady. It cannot be that she hath done thee wrong."。朱生豪译为："她是一个道行高超的老太太，怎么会欺侮你？"

阿德里安娜　　最神圣的公爵,要依法惩办修女院长!

|||
|---|---|
| | 的,真怪,从看管的那些人手里逃出来,他本人,跟他的疯仆人一起,怒气冲天,人手一把出了鞘的剑,又遇见我们,用剑指向我们,把我们赶走。等招来更多帮手,我们再来把他俩捆住。此后,他们逃进这座修女院,我们一路追来。这儿的院长把我们关在门外,既不准我们进去接他,也不肯放他出来,交我们带走。所以,最仁慈的公爵,由你下令,把他放出来,让我带回家治病。 |
| 公爵 | 很久以前,你丈夫在战争中为我效过命,你把他作为婚床主人之时,我曾对你允下公爵的承诺,会全心偏袒他,尽力给他好处。——去几个人,敲修女院的大门,叫院长嬷嬷来见我。——动身之前①,我先处理这件事。 |

(一仆人上。)

| 仆人 | (向阿德里安娜。)啊,女主人,女主人!您快逃命吧!我的主人和他的仆人都挣开绑绳,把侍女们一个接一个地打,还把博士 |
|---|---|

---

① 指在动身前往刑场之前。

|  |  |
|---|---|
|  | 捆起来，拿火把烧他的胡子，胡子烧起来，再兜头一大桶污泥，浇下来灭火。我的主人教他要有耐心，说着话，仆人剪他的头发，剪得像个傻瓜，当然，您若不派几个人去救，他俩非把那个巫师活活弄死。|
| 阿德里安娜 | 安静，蠢蛋！你主人和他仆人都在这儿，你刚说的全是假话。|
| 仆人 | 女主人，以我的生命起誓，我跟您说的是实话。打我亲眼一见，几乎没喘气就跑了来。他吵着找您，发誓说只要抓着您，就要烧焦您的脸，毁掉您的容。(呐喊声。)听，听！一听就是他。逃吧，快跑！|
| 公爵 | 来，站我边上，什么也别怕。——长戟护卫！|
| 阿德里安娜 | 哎呀，是我丈夫！您亲眼见了，他能隐着身走来走去。我们刚把他赶进修女院，此时他又在这儿，超出人的理性。|

（以安与以德上。）

|  |  |
|---|---|
| 以安 | 公正，最仁慈的公爵，啊，给我公正！就因为多年前我为你效过命，打仗时救过你的险，为救你留下深深的疤痕；就因为我为你流过血，现在，给我公正。|
| 伊秦 | 我看见了我儿子安提福勒斯和德罗米奥， |

|      |      |
| ---- | ---- |
|      | 除非怕死弄得我脑子错乱！ |
| 以安 | 仁慈的公爵，要依法惩办那个女人！你把她给了我，做我妻子，她竟以最伤人、最冒犯的方法，作践我、羞辱我！今天，她无耻地欺侮我，超出想象！ |
| 公爵 | 透露实情，你能在我这儿找到公正。 |
| 以安 | 今天，尊贵的公爵，她对我关闭家门，与一群下流货在家里饮酒作乐。 |
| 公爵 | 一件严重的罪过！——说，女人，你真这么干了？ |
| 阿德里安娜 | 没有，我尊贵的大人。我自己，他，加上我妹妹，今天一起吃的饭。如果他对我的指控不假，愿我的灵魂受惩罚。 |
| 露西安娜 | 她对殿下所说句句属实，否则，叫我永远白天不见光，夜里不得睡！ |
| 安杰洛 | 啊，发假誓的女人！——她们都做了伪证，在这件事上，那疯子的指控是公正的。 |
| 以安 | 殿下，我很清楚我说了什么，尽管我所受的冤屈足以让更明智之人疯狂，却既非酒劲上头，也非盛怒之下胡言乱语。这个女人今天把我锁在门外不给饭吃；那边那个金匠，若没跟她串通一气，可以做证，因为那时他跟我在一起。与我分开后，他去取

一条项链,答应把项链带到豪猪旅店,我和巴尔萨泽在那儿吃饭。我们吃完饭,他也没露面,我去找他。在街上,我遇见他(指商人乙。),那位先生在他边上。在那儿,这发假誓的金匠赌咒,非说我今天从他手里取了这条项链,上帝知晓,那项链我根本没见过。为这事,他带一官差来抓我。我也顺从,派仆人回家取一定数目的达克特。他空手而回。随后我好言央求,求官差亲自跟我一起回家。半路上,遇见我妻子、妻妹,还有一群更卑劣的同伙。跟她们一起,有个叫品奇的,一个饿成瘦脸的恶棍,一副骨头架子,一个江湖郎中,一个邋遢巫师,一个算命先生,一个穷酸的、眼窝深陷、面有菜色的可怜虫,一个活死人。这个恶毒的小人,真把自己当成一个魔法师,盯着我双眼,感觉着我的脉动,脸瘦得不成形,两眼瞪着我,大喊,魔鬼附了我的身。然后,他们一齐下手,把我捆住,从这儿抬走,把我和我的仆人捆在一起,丢进家里一间又黑又潮的地下室,直到我用牙咬开绑绳,获得自由,便立刻跑到这儿,来见殿下。我恳求您,因这些极度羞辱和巨

| | |
|---|---|
| | 大伤害,给我充分补偿。① |
| 安杰洛 | 大人,说实话,事已至此,我来做证,他被锁在门外,进不了家。 |
| 公爵 | 他从你那儿拿了项链,拿没拿? |
| 安杰洛 | 拿了,大人。他跑到这儿的时候,这些人全看见项链在他脖子上。 |
| 商人乙 | (向以安。)还有,我发誓,我这两只耳朵听见,您先在市场否认拿过项链,而后又承认拿了。因此我向您拔剑,后来您逃进这座修女院,不知您靠什么奇迹,又从里面跑出来。 |
| 以安 | 我从没进到这修女院的院墙里面,你也从未向我拔过剑。我从没见过那条项链,愿上天助我!您举的证全是假的! |
| 公爵 | 哎呀,这是何等复杂的一项指控!我想,你们都喝了喀耳刻②的药酒。如果你们把他赶到院内,人就在里面。如果他发了疯,便不会申辩得这么冷静。——(向阿德 |

---

① 原文为"whom I beseech / To give me ample satisfaction / For these deep shames and great indignities."。朱生豪译为:"殿下,我受到这样奇耻大辱,一定要请您给我做主昭雪。"梁实秋译为:"求您为我所受的奇耻大辱寻求充分的补偿。"

② 喀耳刻(Circe):亦可译为"赛丝",古希腊神话中的巫术女神,美狄亚的姑母,荷马史诗《奥德赛》(*Odyssey*)中会巫术的仙女,最擅长给药草施加魔咒,迷惑人喝下后变成猪。

|  |  |
|---|---|
|  | 里安娜。)您说他在家吃的饭,那位金匠否认这说法。——(向以德。)小子,您怎么说? |
| 以德 | 先生,他跟她在豪猪旅店那儿,一起吃的饭。 |
| 妓女 | 没错,还从我手指上夺走那个戒指。 |
| 以安 | 不假,殿下,我从她那儿拿了这个戒指。 |
| 公爵 | 你亲眼见他进的修女院? |
| 妓女 | 看得真切,殿下,像现在见到您一样。 |
| 公爵 | 唉,这真怪了!——去,把修女院院长叫这儿来。(一侍从下。)——我看你们都晕了头,要不就完全发了狂。 |
| 伊秦 | 最威武的公爵,请准许我说句话。赶巧看见一位朋友,他可以替我缴纳赎金,救我一命。 |
| 公爵 | 有什么话,叙拉古人,随便说。 |
| 伊秦 | (向以安。)先生,您名叫安提福勒斯?您的仆人,叫德罗米奥? |
| 以德 | 此前一小时,我还是他的陪绑人[①],但多谢他,咬开了捆在一起的绑绳。现在我是德罗米奥,是他脱了束缚的仆人。 |
| 伊秦 | 我敢肯定,你们记得我。 |

---

① 陪绑人(bondman):上句伊秦问话中提到"仆人"(bondman),以德故意在此以"陪绑人"回应。"陪绑人"与"仆人"谐音双关。

| | |
|---|---|
| 以德 | 先生,由您,我们记起了自己。因为我们刚被人绑过,跟您现在一样。先生,您不是品奇要治的病人,是吧? |
| 伊秦 | 您为什么拿我当陌生人?您认识我才对。 |
| 以安 | 直到这一刻,我这辈子从没见过您。 |
| 伊秦 | 啊,自上一次见您,悲愁改变了我,满带忧虑的时刻,凭时光的畸形之手,在我脸上刻写损坏的古怪相貌。可你告诉我,没听出我的声音? |
| 以安 | 没。 |
| 伊秦 | 德罗米奥,你也? |
| 以德 | 没,相信我,先生,我也没听出来。 |
| 伊秦 | 肯定听出来了。 |
| 以德 | 唉,先生,我能肯定,没听出来,甭管谁向您否认什么,您现在一定要信①。 |
| 伊秦 | 听不出我的嗓音!啊,时光之严酷,七年光景②,已把我舌头变得那么粗哑、破裂,我这唯一的儿子竟听不出我沙哑嗓音的虚弱腔调?尽管现在我这张布满皱纹的 |

---

① 原文为"you are now bound to believe him"。以德故意在话里用"bound"一词,因其另有"捆绑"之双关义,意即您现在被捆着,要相信他说的话。

② 在此及下文中,前后时间出现错误,第一幕第一场,伊秦向公爵陈述:"我在遥远的希腊度过五个夏天。"

|||
|---|---|
| | 脸,藏在耗尽生命汁液的冬天下着细雨的冬雪里①,周身血脉冻结,幸好我生命的暗夜②有些记忆,我正消耗的灯盏残存些褪色的微光③,我愚钝失聪的耳朵还剩点儿可用的听觉。我没认错人,——这些衰老的证人④都告诉我,你是我的儿子安提福勒斯。 |
| 以安 | 我这辈子从没见过父亲。 |
| 伊秦 | 七年前,孩子,你知道,我们在叙拉古分别,但也许,儿子,见我身陷惨境,与我相认,让你丢脸。 |
| 以安 | 公爵和城里所有认识我的人,都能给我做证,没这么回事。我这辈子从没瞧见过叙拉古人。 |
| 公爵 | 给我听好,叙拉古人,二十年来,我一直是安提福勒斯的保护人⑤,这段时间,他从没去过叙拉古。我看,是年龄和危险把你变糊涂了。 |

---

① 意即白发耗干了我青春的汁液。
② 意即我垂暮之年。
③ 意即老眼昏花。参见《新约·马太福音》25:8:"那时候,愚笨的对聪明的说:'请分一点油给我们吧,因为我们的灯快灭了。'"
④ 这些衰老的证人(these old witnesses):指上述拟人化的比喻。
⑤ 保护人(patron):特指有权势的保护人。

（修女院院长艾米丽娅与叙安和叙德上。）

| | |
|---|---|
| 艾米丽娅 | 最威武的公爵，请看一个受尽冤枉的人。 |
| | （众人聚拢来看。） |
| 阿德里安娜 | 我看见两个丈夫。莫非，两只眼睛骗我。 |
| 公爵 | 这个是另一个的守护神①。俩人一模一样，哪个是真人肉身，哪个是神灵？谁分辨得出来？ |
| 叙德 | 大人，我是德罗米奥。您下令叫他走。 |
| 以德 | 大人，我是德罗米奥。请您让我留下。 |
| 叙安 | 你不是伊秦吗？难道，是他的幽灵？ |
| 叙德 | 啊！我的老主人，谁把您捆在这儿？ |
| 艾米丽娅 | 甭管谁捆的，我要给他松绑，凭他的自由赢得一个丈夫。说吧，老伊秦，你是不是有过一个妻子，叫艾米丽娅，给你一胎生下俩漂亮儿子？啊！如果你就是那个伊秦，说吧，开口对那个艾米丽娅说。 |
| 伊秦 | 我若没做梦，你是艾米丽娅。你如果真是她，告诉我，当初跟你在救命木筏上顺流漂走的那个儿子②，在哪儿？ |

---

① 守护神（genius）：旧时认为每人天生有一位守护神与之相伴，指导终生。亦有编家解作"灵魂"。

② 此处前后矛盾，第一幕第一场，伊秦向公爵描述说："把他固定在一根备用的小桅杆上。"

| | |
|---|---|
| 艾米丽娅 | 他和我,还有双胞胎中的一个德罗米奥,都被埃比达米乌姆人救起。可没过多久,一伙粗暴的科林斯渔夫,凭借武力,把德罗米奥和我儿子从他们手里抢走。把我留给那些埃比达米乌姆人。他们后来怎样,我讲不出。我这个命运,您一看便知。 |
| 公爵① | 哎呀,这跟他早上说的故事正好对上。这两个安提福勒斯,生得这么像;这两个德罗米奥,长相一样,——此外,她提起海上沉船。——这二人是这俩孩子的父母,在此意外相聚。——(向叙安。)安提福勒斯,当初你从科林斯来? |
| 叙安 | 不,大人,不是我,我从叙拉古来。 |
| 公爵 | 等一下,站开,我认不出哪个是哪个。 |
| 以安 | 最仁慈的殿下,我来自科林斯。 |
| 以德 | 我跟他一起来的。 |
| 以安 | 您最负盛名的伯父,那鼎鼎有名的勇士,梅那封公爵②,把我带到这城里。 |
| 阿德里安娜 | 今天中午,你们哪个跟我吃的饭? |

---

① 此处按"牛津版"译出。在"皇莎版"中,公爵此处这段话,在上述伊秦所说"我若没做梦"之前。

② 梅那封公爵(Duke Menaphon):这个名字在克里斯托弗·马洛的剧作《帖木儿大帝》(Tamburlaine)和罗伯特·格林的剧作《梅那封》(Menaphon)中出现过。其出现在"莎剧"中,这是唯一一次。

| | |
|---|---|
| 叙安 | 我,尊敬的女主人。 |
| 阿德里安娜 | 您不是我丈夫? |
| 以安 | 对,我说那个不是。 |
| 叙安 | 我也说不是,可她非那样叫我。这位美丽的淑女,她的妹妹,称我姐夫。——(向露西安娜。)倘若此时我眼见、耳听的不是一场梦,希望当时对你说过的话,能有机会弥补。 |
| 安杰洛 | (手指项链;向叙安。)先生,那是您从我手里拿走的项链。 |
| 叙安 | 我想是的,先生,我不否认。 |
| 以安 | (向安杰洛。)您,先生,为这项链把我抓起来。 |
| 安杰洛 | 我想是的,先生,我不否认。 |
| 阿德里安娜 | (向以安。)我派德罗米奥送钱,保释您,看来他没送。 |
| 以德 | 不,我没送过钱。 |
| 叙安 | (向阿德里安娜。)我收到您送来的这袋达克特,是我的仆人,德罗米奥,拿给我的。(拿出钱袋。)我想我们反复遇到彼此的仆人,把我当成他,把他当成我,才引出这么些错误。 |
| 以安 | 为父亲,我拿这袋达克特做抵押。(递钱。) |
| 公爵 | 不需要了,你父亲免于一死。 |

| | |
|---|---|
| 妓女 | （向以安。）我得要回那枚钻戒。 |
| 以安 | 在这儿，拿去，多谢好心款待。 |
| 艾米丽娅 | 尊贵的公爵，劳您屈尊移步，随我们进入修女院，听我们详述各自遭遇。——聚在这儿的各位，摊上这一整天的错，都受了冤枉，也随我们进去，我们要详加说明。——我的儿子，我在阵痛中生下你们，三十三年来[①]，直到眼前这一刻，从未解脱[②]过重负。——公爵，我丈夫，我两个儿子，还有你们，他俩出生的日历[③]，来参加一场教父教母的盛宴[④]，与我同享，如此漫长的悲苦过后，该有这样的欢宴。 |
| 公爵 | 我要参加这场欢宴，满心乐意。（公爵、艾米丽娅、伊秦、妓女、商人乙、安杰洛与侍从等下。） |
| 叙德 | （向以安。）主人，我从船上把东西取回来？ |
| 以安 | 德罗米奥，把我什么东西装上船了？ |
| 叙德 | 先生，您存在人马旅店的东西。 |

---

[①] 时间错误。按伊秦在第一幕第一场的推算应为二十三年，按伊秦在第五幕第一场的推算应为二十五年。

[②] 解脱（deliver）：具双关意，指"分娩"，意即三十三年来，我一直处在分娩的痛苦中，直到此刻才解脱。

[③] 原文为"And you the calendars of their nativity."。意即还有跟他俩一个时辰出生的你们。

[④] 教父教母的盛宴（gossips' feast）："洗礼喜宴"，指基督教由父母给新生婴儿在洗礼仪式后举行的喜宴。

| 叙安 | 他在跟我说。——德罗米奥,我是你主人。来,咱们一起去。东西过会儿再说。拥抱你兄弟,与他同欢喜。(叙安与以安、阿德里安娜与露西安娜下。) |
|---|---|
| 叙德 | 你主人家里有个胖情人,今天吃饭时,在厨房招待我,把我当成你。现在她要给我当嫂子,不是老婆。 |
| 以德 | 照我看,您是我的镜子,不是弟弟。由您才看出来,我是个帅小伙,有张可爱的脸。要不要进去看他们的欢宴? |
| 叙德 | 兄长为先,先生,您是哥哥。 |
| 以德 | 这个问题,咱们怎么弄? |
| 叙德 | 咱们抽签定兄长,定之前,你先行一步。 |
| 以德 | 不成,那,这样:<br>　　既然咱们是双生兄弟同时来到世间,<br>　　现在咱们手牵手,不分先后一起走。<br>(同下。) |

(全剧终)

# 《错误的喜剧》：
# 一部轻快笑闹的滑稽戏

傅光明

《错误的喜剧》是莎士比亚早期剧作之一，甚或可能是最早的一部。在全部莎剧中，它篇幅最短，仅1778行，尚不及《哈姆雷特》(3931行)的一半。它还是莎士比亚最滑稽的喜剧之一，其幽默佐料除了双关语和文字游戏，主要源于因认错身份引出的一连串搞笑滑稽戏。与《暴风雨》一样，它是莎剧中仅有的两部遵守亚里士多德"时间统一原则"——即剧情应在24小时内发生（后由此引申出"三一律"）——的剧作之一。该剧在世界范围内多次被改编成歌剧、舞台剧、电影和音乐剧。在首演后的几个世纪，剧名 *the comedy of errors* 作为一个成语进入流行的英语词典，意即一个或一系列自始至终由若干错误造成笑料的事件。

## 一、写作时间和剧作版本

### (一) 写作时间

剧中第三幕第二场，叙拉古的安提福勒斯在与仆人德罗米奥闲聊逗趣，德罗米奥拿满身油脂的胖厨娘内尔（即露西安娜的

女仆露丝)调侃:

叙德　从头到脚,也没屁股一圈长,她长成球形,像个地球,能从身上找见好些国家。

叙安　爱尔兰,长在身子哪个部位?

叙德　以圣母马利亚起誓,先生,在屁股上,我见那儿有沼泽。

叙安　苏格兰在哪儿?

叙德　在她干巴巴、粗硬的手掌心里。

叙安　法兰西在哪儿?

叙德　在她脑门上,顶盔掼甲、收复失地,正在跟头发交战。

叙安　英格兰在哪儿?

叙德　我找过白垩崖,一颗白牙也没找见。但估摸英格兰在她下巴上,隔着那条咸鼻涕,与法兰西隔海相望。

"正在跟头发(hair)交战"是叙拉古的德罗米奥玩的谐音梗,由其双关意暗指"王位继承人"(heir),以此代指法国正在为争夺王位继承权打仗。

这场法国宗教战争正是莎士比亚编写此剧时的一个热门话题,这场战争从1562年持续到1598年,发生在法国天主教派(Catholics)与胡格诺派(Huguenots)之间,简单经过如下:

1584年6月10日,法国亨利三世的弟弟安茹公爵(Monsieur, the Duke of Anjou)去世,纳瓦拉的新教国王亨利(Henry, Protestant King of Navarre)成为亨利三世的拟定继承人。

自1562年起,法国经受了一系列宗教内战,但此时,随着吉斯公爵亨利(Henry, Duke of Guise)及其兄弟——当时被关押在英格兰的苏格兰女王玛丽(Mary Queen of Scots)的堂兄弟——领导的"法国天主教联盟"(the Catholic League in France)的形成,以及镇压尼德兰境内反抗西班牙统治的叛乱,这场斗争成为泛欧政治部署的焦点。1585年,"三个亨利的战争"(war of the three Henries)爆发。不久之后,纳瓦拉的亨利与吉斯家族达成单方休战协议,开始与亨利三世作战,取得"埃夫里(Ivry)之战"和"库特拉(Coutras)之战"的胜利。1588年12月,亨利三世暗杀掉吉斯家族之后,1589年1月,亨利三世再次谋求在纳瓦拉的亨利的帮助下对抗"联盟",正式承认他是自己的继承人,但在同年8月1日,亨利三世遇害。纳瓦拉的亨利虽尚未控制王国,却已在法律意义上成为国王。为此,他于1593年7月信奉天主教,次年2月加冕国王,即亨利四世。然而,直到1598年,随着"南特敕令"(Edict of Nantes)的颁布,整个事态得以最终解决。这项承认胡格诺派教徒的信仰自由及公民权利,撤销对新教徒多有宽容的法令,于1685年被国王路易十四废除。

不能不提,1591年,伊丽莎白女王曾派宠臣、第二代埃塞克斯伯爵罗伯特·德弗罗(Robert Devereux, 2nd Earl of Essex, 1565—1601)与法国的俾隆公爵合兵一处,支持过纳瓦拉的亨利,而当时,俾隆最为英格兰民众所熟知。或也因此,莎士比亚把这位公爵写进了喜剧《爱的徒劳》。

由此,在写作时间上,《错误的喜剧》符合从1589年到1595年的任何日期。的确,曾有一些莎学家由此做出各种年份推测:(1589年,1590年以前,1591年,1591年至1592年,1592年,1589年至1593年,1590年至1593年,1594年)(据1590年本改编),不一而足。依据历史记录,并与莎士比亚同期其他剧作进行文本相似性比对,该剧一定写于1598年以前,且极有可能写于1594年下半年。

证据一,作家弗朗西斯·米尔斯(Francis Meres, 1565—1647)在其于1598年出版的《智慧的宝库》(Wit's Treasury)中提及该剧写于1593年至1594年,并记载:"普劳图斯和塞内加是公认的两位最佳拉丁文喜剧家和悲剧家,莎士比亚则为英语悲、喜剧家中之最佳,喜剧如《维罗纳二绅士》、如其《错误》、如其《爱的徒劳》……"此处所提《错误》,即《错误的喜剧》。

证据二,"格雷律师学院(伦敦四大律师学院之一)狂欢"(Gray's Inn Revels),从1594年12月末进行到1595年3月初,学院的年轻人享受了好几场为圣诞季准备的消遣和狂欢,12月28日,莎士比亚所属"宫务大臣剧团"(Lord Chamberlain's Men)呈演《错误的喜剧》。

证据三,在格雷律师学院大厅观看该剧首演的律师们及其赞助人,一下子发现它与古罗马喜剧家普劳图斯(Plautus,约前254—前184)的拉丁语喜剧《孪生兄弟》(Menaechmi)很像。这部由诗人、律师威廉·华纳(William Warner, 1558—1609)译成英文并题献给"宫务大臣剧团"赞助人亨斯顿勋爵(Lord Hunsdon)的古典戏剧,于1594年6月10日在"书业公会登记簿"(the Register of the Stationers Company)上注册,并于次年出版,但极有可能,莎士比亚早在家乡就读"文法学校"时,读过该剧的拉丁文原本,因为毕竟,普劳图斯的戏剧是学校文法课程之一。

(二)剧作版本

梁实秋在为所译《错误的喜剧》(梁译《错中错》)写的"序"中说:"《错中错》只有一个本子,那就是刊于一六二三年的'第一对折本',排列在卷首喜剧项下,位列第五。排印的情形与以前的四出戏稍有不同,此剧在人名及'剧词标名'(speech-heading)方面相当混乱,尤其是在前二幕里,据学者指陈这可以证明《错中错》排印时所根据的是莎士比亚的手稿,即所谓 foul papers,如果是'提词本'似不可能有此混乱情形。"①

英国当代莎学家乔纳森·贝特(Jonathan Bate)在为所编"皇家莎士比亚剧团版"《莎士比亚全集》(简称"皇莎版")写的《错误的喜剧·导论》中,对该剧文稿简言概括:"1623对开本是唯一早期文稿,通常认为取自莎士比亚原稿,但对此并无强力证据;也有可能,取自一份抄本、或(可能性很小)演出提词本。总之,印制不错。"②

一句话,收入1623年第一对开本中的《错误的喜剧》,是该剧初版本。

---

① 梁实秋:《错中错·序》,《莎士比亚全集》(第一集),中国广播电视出版社,1995年,第401页。

② *The Comedy of Errors · Introduction*, Jonathan Bate & Eric Rasmussen 编,外语教学与研究出版社,2008年,第217页。

## 二、原型故事：模仿、挪用与超越

### （一）莎剧《错误的喜剧》与普剧《孪生兄弟》之相似①

古罗马喜剧家普劳图斯的《孪生兄弟》(Menaechmi)是莎士比亚《错误的喜剧》的主要来源,剧情只是一方面。《孪生兄弟》以一篇"开场白"开场,与观众玩起论戏剧之特性的游戏,提出许多均需剧作家考量的重要理论问题。它对作者的想法提出疑问（"我给你们带来普劳图斯,口头上,而非身体上"）,对"开场白"作为一个叙述者的权威提出疑问,因为叙述者无法确定孩子们长得有多像（"我本人没见过他们,你们谁也别假定我见过"）,且要具备在剧场改变地点和静止状态下的抗干扰能力（"现在我必须去埃比达米乌姆弄清情况……没挪开半步"）。古希腊、古罗马喜剧,为在剧场表演而写,剧场有一个固定建好的"前景"(frons scenae),或后墙与舞台相连,通常有三道门用来代表独门独户,分配给剧情中的特定角色。两侧都有入口,可以设想成通往码头、市场或乡村的道路。演出期间,这些地点是固定的,但在不同戏里,台上相同的场所代表不同的地理位置。正如普劳图斯在"开场白"中挑衅性指出的:"这也很像许多家庭改变自家的方式:眼下一个皮条客住这儿,眼下一位年轻绅士住这儿。"——挑战那些认为戏剧假象令人道德不安的人。

"开场白"还填充了该剧的故事背景。从前,叙拉古有个老商人,生下一对孪生子,长得一模一样,连母亲都分不清。俩孩

---

① 参见 Introduction, *The Comedy of Errors*, Edited by T. S Dorsch, Cambridge University Press, 2003。

子约7岁时,父亲带其中一个去塔伦特姆(Tarentum)做生意,正赶上过节。孩子在人群中走失,一位来自埃比达米乌姆的商人发现并领走他,抚养成人,最后把财产留给他。孩子的父亲回到叙拉古,伤心而死。另一个孩子由祖父养大,祖父将他的名字"索西克莱斯"(Sosicles)改成丢失男孩的名字——麦纳克慕斯(Menaechmus)。

该戏剧情发生在埃比达米乌姆。佩尼库勒斯(Peniculus)是麦纳克慕斯("埃麦")的食客,或曰随从,一出场,正在找一份邀吃晚餐的帖子。和他一起上台的是"埃麦"。"埃麦"刚和妻子("麦妻")吵过一架,为惩罚妻子,他偷了妻子一件礼服,藏在斗篷里,打算送给这会儿走出家门的情妇伊洛婷(Erotium)。伊洛婷很喜欢这件礼服,请他们俩共进晚餐。伊洛婷派厨子西林卓斯(Cylindrus)去买食材,这时,主仆二人来到(公共集会的)广场。第二幕,叙拉古的麦纳克慕斯("叙麦")和他的奴隶麦西尼奥(Messenio)刚从叙拉古坐船抵达埃比达米乌姆,正寻找失散的孪生兄弟,却先遇见西林卓斯,后遇见伊洛婷。"叙麦"对伊洛婷能叫上自己的名字十分吃惊,但最终,他派麦西尼奥把钱和随身物品送回旅店,而后与她共进晚餐。一会儿,佩尼库勒斯回来,又气又饿,他与"埃麦"走散了,恰在此时,他看见"叙麦"离开伊洛婷的家。伊洛婷要"叙麦"把礼服拿去改改。佩尼库勒斯决定跟"他"(后文中的"他"都指被错认成"埃麦"的"叙麦")干一架,威胁向"他"妻子告发,竟把老婆的礼服送给一个妓女。伊洛婷的女仆随后出场,手拿一个金臂章(也是"麦妻"的东西),要"他"拿给金匠,给礼服加点金饰品。他打算把礼服和臂章一起卖掉。到第四幕,佩尼库勒斯把自己知道的,都告诉给了"麦妻"。"麦妻"问他自己该怎么办,他回答:"像往常一样——叫他难受。"(莎士比亚将此移植到《错误的喜剧》第五幕第一场,改由修女院院长说出忠告。)这时,"埃麦"出场,抱怨在法庭花一整天为一个徒弟——一个不老实的人——辩护:"他每一项罪名都有三名证人发誓做证。""麦妻"跟他说起偷礼服的事,两人吵起来,妻子把他关在门外。"埃麦"到隔壁情妇那儿讨要礼服,情妇也很生气,将他拒之门外。稍后,"叙麦"登场,手里还拿着那件礼服,并在为麦西尼奥焦急,他不知麦西尼奥拿钱干了什么。"麦妻"一见他,为这件礼服,对"他"严厉斥责。他不知所云,她威胁要离婚,派人去叫父亲。他们都指责"他"精神错乱。他们离开后,他去找自己的船。"埃麦"的岳父带着一位博学之士回来,正见"埃麦"登场,"埃麦"嘴里抱怨着身边的一切都不对劲儿。随后,博学之士问他,喝的红葡萄酒还是白葡萄酒。"埃麦"气呼呼地回答:"你为什么不问……我是不是经常吃带鳞的鸟,带羽毛的鱼。"莎士比亚在第三幕第一场描述两个德罗米奥在门前斗嘴那场戏里,将这句台词加以利用和拓展。博学之士宣布,必须先把"埃麦"关起来,再做安排。"埃麦"单独留下。麦西尼奥登场,声言自己是个尽职的仆人,没人监督,也能把主人的事情打理好——毕竟这使他免于挨打。"埃麦"的岳父和刚才试图将他带走的奴隶们再次登场。麦西尼奥救了"埃麦",要他以给自己自由来作回报。尽管"埃麦"根本不知道麦西尼奥是谁,但他满口答应,但当这个奴隶说要回旅店取钱时,他变得贪婪起来。他进了伊洛婷家。这时,麦西尼奥与真正的主人"叙麦"返场,"叙麦"

因奴隶撒谎正在气头上。随后,"埃麦"返场,鉴别完身份,麦西尼奥获得自由。"埃麦"决定拍卖所有物品(麦西尼奥开始宣布,包括他老婆,如果有谁愿意要她)。这时,"叙麦"打算改回原名"索西克莱斯",带兄弟一起回叙拉古。

### (二)莎剧《错误的喜剧》与普剧《孪生兄弟》之不同[①]

莎剧《错误的喜剧》与普剧《孪生兄弟》剧情明显相似,却也有些不同。以弗所的安提福勒斯没偷妻子礼服,也没偷她臂章。相反,他答应给妻子一条项链,只不过,在妻子把他锁在门外之后,他也这样向妓女许诺。与他孪生兄弟一起吃饭的,是他妻子,而非妓女,妓女的角色作用因此大为减弱。事实上,莎剧在维护婚姻关系。但假如一味沉湎于发现文学派生物,而不问《错误的喜剧》为何以这样的方式组合在一起,则既无法按其自身理解该剧,也不能将其转换成真正有效的现代作品。因此,可采用一种拟剧法,即尽可能建立该剧写作时的文化氛围,以便判断它能否有效地与今天的观众对话。

《孪生兄弟》由一篇"开场白"开场,而《错误的喜剧》由被监禁在以弗所的叙拉古商人伊秦开场。伊秦将在那天傍晚日落时被处死。然而,因其家史惨痛,他倒乐意受死。公爵请他自述经历。他说,自己在叙拉古出生长大,结婚娶妻,生活幸福,生意越来越红火。这时,代理人在埃比达米乌姆死了,他只得踏上行程,去那儿打理生意。后来,怀孕的妻子执意前来,与他团聚,并在那儿生下一对孪生兄弟。与此同时,与他们同住一家旅店的

---

① 参见 Introduction, *The Comedy of Errors*, Edited by T. S Dorsch, Cambridge University Press, 2003。

一个穷女人,也生下一对孪生子。他买下这两个男婴,为的是把他们养大,给自己两个儿子做仆人。可是,载着一家人的船,在返回叙拉古途中失事。他带着年长的两个,妻子带着较小的两个。船撞上一块礁石,船体断成两截。海风将妻子和她带着的那两个男孩吹走,他看到有艘渔船救走他们;另一艘船搭救起他和另两个男孩,却无法追上渔夫,只得掉头回家。十八年后,这两个男孩宣布,打算去找失散的孪生兄弟。

伊奏这样描述:"小儿子,我也一向疼爱。"(第一幕第一场)这句台词是莎士比亚犯的一个错,因为在实际剧情中,伊奏负责照看年长的两个。随着尽责抚养的孩子们的离去,伊奏自己花了五年时间,在希腊与亚细亚边界①搜寻失散的家人。关键是,伊奏抚养留下的两个孩子,用了走失的两个弟弟的名字。这种试图否认严重损失的做法,在孩子出生即夭折的家庭中并不罕见。像在《孪生兄弟》里一样,对身份差异的否认有时也对幸存的孩子造成心理伤害,成为驱动一系列滑稽错误的引擎。伊奏并不知道,不仅这两个来自叙拉古的双胞胎也到了以弗所,而且,这里还是与母亲分离、失散的两个双胞胎,被收养长大的地方。

开场时这种情形概述,给观众/读者一个暗示,不同类型的情节在剧中异乎寻常地交错,其中混杂着充满爱意和抱负的家庭生活,体现了日渐阔绰的中产阶级家庭的价值观,这种价值观也把花钱收养孩子作为一种生活现实;混杂着由自然灾害和战

---

① 莎士比亚原文所写"亚细亚整个疆土"(第一幕第一场)为夸张写法,实际上只是在边界搜寻。

争造成的家庭破裂；混杂着卷入政治纷争难以自拔的个体。不过,仍可在此发现社会共鸣和心理现实主义,只是,它与追求浪漫及传统神话故事的诸多元素结合在一起,使得吓人的、感人的、极度荒唐的情节交替出现。确实,《错误的喜剧》有一个普遍特性：它以自相矛盾的方式描绘同时发生却又措辞相反的事件,滑稽可笑和精神上的严肃性,两者兼而有之。这一特性,正统批判和舞台演绎都难以轻易说明。

尽管普劳图斯笔下的麦纳克慕斯为这一故事（失散的孪生兄弟,一个找寻另一个）提供了主体,但莎士比亚像大多优秀作家一样,通过折射其他故事的方式来重述一个特定故事。普劳图斯另一部戏《安菲特鲁奥》(*Amphitruo*)是该剧的第二个主要取材来源,它给了莎士比亚写一对双胞胎奴隶的灵感。该剧讲述罗马众神的淫荡统治者朱庇特把自己变成一个女人阿尔克梅娜(Alcmena)丈夫的模样,设法与她通奸,墨丘利(Mercury)装扮成家奴,索西亚(Sosia)负责把门。该剧最滑稽可笑之处,是索西亚与其孪生兄弟面对面时的迷惑、沮丧,他这位兄弟冒他的名,拒不让他进入自家主人房间。当然,这也为叙拉古的德罗米奥拒不让以弗所的安提福勒斯和德罗米奥进自己家门,提供了吵闹的原型。不过,比这一剧情要素更为重要的,是《安菲特鲁奥》对一种略有争议的戏剧结构方法的探索,莎士比亚在日后的工作生活中对这一做法有所借鉴和发展。

普劳图斯剧中的开场白,不仅包含对"悲喜剧"(tragicomedy)这一术语唯一的古典运用,还对这一体裁做出有力辩护。该剧包含一个神和一个奴隶,由此将通常会在悲剧和喜剧中分开的人物混在一处，基于此，普劳图斯用"悲喜剧"来描述他的戏剧。这篇"开场白"出自墨丘利（既是众神的信使，又适于做商人之神）之口，是一种对观众具有挑战性的、口语化的直接表白。墨丘利愿意迎合剧中顾客的要求，这表明，普劳图斯对观众的期望和统领编剧的规则均有所讽刺：

> 那是什么？发现这是一出悲剧
> 你很失望？那好，我能轻易改变它。
> 我毕竟是个神，能轻易把它变成一出喜剧，
> 一句台词不改。这就是你想要的？……
> 但我给忘了——我真傻——当然，
> 作为一个神，我十分清楚你想要什么，
> 你很清楚你脑子在想什么。十二分清楚。
> 我愿满足你一半要求，把它变成一出悲喜剧。
> 凭演员阵容里所有这些国王、众神，
> 恐怕，这不能是一出十足的喜剧。那好吧，
> 一出悲喜剧——至少有个奴隶角色。

对许多莎士比亚同时代人及后世批评家而言，悲喜剧的问题在于，它打破了亚里士多德在其《诗学》(Art of Poetry)中陈述的文学规范，即将本该适于悲剧之高尚风格与喜剧之低俗人物及粗俗幽默混为一谈。

普劳图斯死后百年之际，罗马诗人、批评家昆图斯·贺拉斯·弗拉库斯（前65—前8）写下《诗艺》(Ars Poetica)，慎重提及这一

混合样式,却并未命名。描述戏剧发展史时,他认为:"有人为一只微不足道的山羊,用悲歌竞争,脱去自己的乡村色情,以粗鲁方式(但保全一些个人尊严)尝试一些笑话。"脑子里有了这一先例,他说有时"适当的……拿游戏化解严肃"。然而,在接下来的几行,他又说"悲剧鄙视所有轻薄诗里的唠叨",不过,他后来承认,在写"羊人剧"(satyr play,古希腊一种悲喜剧形式)时,他并不赞同把词汇限制在大白话上,或者,如果角色需要说话,则尽量避免悲剧语调。16世纪80年代,在意大利知识圈中,这种优柔寡断和明显的难堪,催生了巴蒂斯塔·瓜里尼(Battista Guarini,1538—1612)的田园悲喜剧这场风暴,瓜里尼在其《忠诚的牧羊人》(*Il Pastor Fido*)及之后的长篇大论,都在为这一形式辩护。当莎士比亚笔下的波洛涅斯提及"悲剧——喜剧——历史剧——田园剧"(《哈姆雷特》第二幕第二场)"时,莎士比亚自己也对此焦虑不堪,但事实上,除了最早的历史剧之外,所有莎剧都醉心于打破这一亚里士多德定规。

从《约翰王》经《哈姆雷特》《第十二夜》到《辛白林》,一方面,莎士比亚确实有足够信心,将恐怖与幽默、严肃与愚昧融为一体,并于悲中见喜,反之亦然——尽管批评家们并不总对这种蔑视常规的做法感到满意。但在处理形式上,《错误的喜剧》也许并不令人完全放心。它的开场,是潜在的悲剧,场景似乎与主要剧情分离开,临近剧终落幕才两者相连。另一方面,幽默与恐怖混杂,比如德罗米奥兄弟俩反复挨打,这一令剧中角色极其痛苦的情形却令观众感到滑稽之极,哈哈大笑。

莎士比亚这部戏标题中的"错误"一词,或许部分表明,他意识到该剧结构凭着把喜剧和悲剧相结合,打破了传统的文学规范。这部戏对于莎士比亚而言不同寻常,或许在这种情形下尤为显著,即它实际上遵循了其他那些不必要的编剧规则——"时间统一原则(自文艺复兴以来,这一规则常被不准确地归在亚里士多德头上)。"这一事实或许意在表明,该剧对其他规则的公然藐视是一种刻意选择。

梁实秋《错中错》译序对该剧来源及与普剧《孪生兄弟》之异同,曾简述如下①:

第一,该剧可能改编自一部失传的旧剧《错误的故事》(The Historie of Error),这部戏曾于1576年至1577年的新年之夜在汉普顿宫上演过,1583年在温莎宫二度上演。"这一说之唯一似是有力的证据是诗体的变化不匀",尤其第三幕第一场戏,其中有较明显的改编痕迹。

第二,《错误的喜剧》与《孪生兄弟》"不仅剧情纲要大致相同,细节亦多处相同,甚至人名也有数处偶然相同"。普剧有九个角色,莎剧保留了五个:把麦纳克慕斯变身为安提福勒斯;麦西尼奥变身为叙拉古的德罗米奥;穆丽尔(Mulier)变身为阿德里安娜;伊洛婷变身为妓女;麦迪卡斯(Medicus)变身为品奇博士。

第三,莎士比亚把普劳图斯写戏时舞台上常见的、亦出现在《孪生兄弟》中的"厨师""食客"这类固定角色(stock characters)均剔除,将麦纳克慕斯的岳父变成露西安娜。除此之外,莎士比

---

① 梁实秋:《错中错·序》,《莎士比亚全集》(第一集),中国广播电视出版社,1995年,第404—405页。

亚增添了几个新角色：以弗所的德罗米奥、以弗所公爵索利努斯、伊秦、艾米丽娅、阿德里安娜的女佣露丝和商人等。但最重要的变动是，把原有的一对孪生子麦纳克慕斯兄弟（埃麦、叙麦）变成两对孪生子：主人安提福勒斯兄弟和仆人德罗米奥兄弟（以安、以德、叙安、叙德）。

### （三）莎士比亚之于普劳图斯

乔纳森·贝特在其"皇莎版"《错误的喜剧·导论》中明确指出："伊丽莎白时代任何一个受过古典教育的人——也就是说，任何上过大学的年轻人和许多仅读到文法学校高年级的人"，对普劳图斯的喜剧《孪生兄弟》都十分熟悉，"如今我们为差异性喝彩，而当初莎剧最早的观众却偏好相似性：一部好作品，无关是否原创，只因其与一部令人赞赏的经典范本相似，拿喜剧来说，(古罗马诗人、戏剧家)普布利乌斯·泰伦斯·埃菲尔（Publius Terecen Afer, 前185—前159）和普劳图斯的戏即是范本"。换言之，莎士比亚时代的诗人、戏剧家们写作，可随意各自袭取，为我所用，无须担心侵犯了谁的著作权。

何以如此？又为何，在伦敦，只有这位来自斯特拉福德的"乡巴佬"成了莎士比亚？贝特继而指出："在莎士比亚的世界里，模仿乃教育与艺术理论之核心。但出色之模仿绝不照搬：这需要超越原典，通常以融合不同素材来源或使一条情节线复杂化来实现。因此，莎士比亚要向那些聪明的律师观众显出自己的聪明，他仿若在说：普劳图斯呈现一对同卵双胞胎，瞧我给你们弄出两对。这一做法使混淆的可能性大为增加。异乡客被错认成当地人，当地人被错认成异乡客，每个仆人都被自家主人和另一个主人及当地人认错,更别说两位主人被各自仆人认错。凭此,一个异乡客在陌生环境里被告知老婆正等他回家吃饭;他的奴隶始料不及地引起胖成球状的厨房女佣的注意,而这个胖厨娘已跟奴隶的孪生兄弟有过性事,一个喜剧成了双倍喜剧。"无疑,这意味着,尽管莎士比亚模仿、挪用了普劳图斯,莎剧《错误的喜剧》摇身一变,成了"双倍喜剧"的《孪生兄弟》。

《错误的喜剧》的戏剧手法并不复杂,如贝特所说:"《错误的喜剧》挪用了闹剧的基本手法:出场、退场。被认错之人不断出场现身。古典喜剧定出一个模式:剧情发生在同一天同一地点。《错误的喜剧》是遵循这一规范的少数莎剧之一。整个剧情发生在以弗所市场,其时间结构由伊秦情节(清晨判刑,傍晚释放)构成。出场、退场门代表特定地点:凤凰旅店(安提福勒斯和阿德里安娜的家)、豪猪旅店(妓女家)和修女院。演出时,门上甚至会贴标签。从表演角度来看,这一手法很适合室内学院戏剧——剧情简洁,倒适于作为律师学院整晚娱乐表演的一小部分。《错误的喜剧》在莎剧中篇幅最短,约1800行,有些悲剧、历史剧的篇幅有其两倍多。没有现存证据证明该剧公演过,但这不能保证,该剧乃私下演给精英观众看的保留剧目。出场、退场门手法可改用于公共剧场,也许可把舞台后方中央的'显露空间'用作在此找到母亲的修女院。

"虽说金匠安杰洛和几个商人给以弗所的市场经济带来生机,但剧中最大戏份归属两位异乡客和那位妻子。身份错认这一核心喜剧手法,是发现身份的一种手段。叙拉古的安提福勒斯把自己比作一滴水的那句台词,切中了那种流浪体验和疑惑感受的要害，这种体验、感受塑造出如此多的莎士比亚喜剧。对自我（一滴水）、对群体（海洋），我们怎样才能调和自我矛盾的需求？迷失感和混乱感，让我们准备好把以弗所作为一个疯狂世界和潜在噩梦的想象——此即闹剧之'归谬法'(reductio ad absurdum, i.e. reduction to the absurd.'简化到荒谬')，从而引导我们去想象，如果其他人都疯了，只有我们神志清楚，却因此被认为发疯，那会怎么样。

"喜剧的美好结局是，通过恰当的同伴，我们找到了自我。叙拉古的安提福勒斯不仅找到了父母兄弟，还找到了未来的妻子露西安娜——兄弟媳妇的妹妹。姐妹俩名字均有寓意：'阿德里安娜'有泥土之意，'露西安娜'有光明之意；前者深褐色头发，后者一头金发；前者好似泼妇悍妻，后者圣洁而美丽。但莎士比亚在该剧写得最精致的台词中，超越了由这些双重性显出的女性特质的陈词滥调。

"如同莎士比亚喜剧多方暗示的，幸福结局往往只是幻想，充其量或可算把乱糟糟的生活瞬间暂停。姑且做个假设，两对孪生兄弟长相一样，性情相似，这就有一种极大可能，在想象中的安提福勒斯与露西安娜婚后生活的剧情里，尽管开始时闪着火花，结局将和他兄弟与她姐姐的婚姻如出一辙。未婚的露西安娜话里话外赞同妻子顺从丈夫，指责姐姐泼悍。但她姐姐不得不忍受这样一个丈夫：宁愿花时间在城里闲逛——尤其与一个妓女鬼混——也不愿在家陪老婆。莎士比亚喜剧大多是求爱庆典，而在各剧所见的已婚夫妇都是不牢靠的楷模。露西安娜一经发现丈夫们的真面目，她那套理论将受严峻考验。

"剧终,阿德里安娜的婚姻得以修补,却无法消除她在台词中所表达的痛苦。她的话把叙拉古的安提福勒斯那'一滴水'的自我中心形象,变成一种叙述,即每一个行动给那些爱我们的人带来怎样的后果。莎士比亚一如既往,两者兼备:在传递一个受冷落的妻子以动人的公开表白回应丈夫的背叛的同时,以总是赢得剧中最大笑点的那句台词给出提示'您在恳求我,美丽的夫人?'当然,阿德里安娜面对的是认错的兄弟。"①

### (四)以弗所的"孪生兄弟"

无须多言,莎剧《错误的喜剧》是对普剧《孪生兄弟》的改写,换言之,即升级版《孪生兄弟》。除以上所述,还有一处极为重要且耐人寻味的改编:莎士比亚将整部戏的剧情发生地,由"埃比达米乌姆"改在"以弗所"。

为何改在以弗所? 其来有自!

普剧中,奴隶麦西尼奥提及埃比达米乌姆,说此地放荡、酗酒、卖淫、诈骗无所不在。莎剧中,叙拉古的安提福勒斯来到以弗所后,被错认成以弗所的安提福勒斯,他大惑不解,以为乃妖术所致,独自感叹:"听说这城里满是骗局,有能骗过人眼、手指灵巧玩花招的骗子;有诡秘的能创造黑暗、叫人改主意的魔法师;有能使人体变形、专杀灵魂的巫婆;有会乔装打扮的骗子;有夸口吹牛的江湖医生,像这类获得许可的不法之徒,还有很多。"

这是莎士比亚自己编的吗? 不是!

原来,对《圣经》烂熟于心、又最擅移花接木的这位天才编

---

① *The Comedy of Errors · Introduction*, Jonathan Bate & Eric Rasmussen 编,外语教学与研究出版社,2008年,第215—216页。

剧,把《新约·以弗所书》和《新约·使徒行传》做了化用。

《新约·使徒行传》第19章写"保罗在以弗所":"亚波罗在哥林多的时候,保罗旅行经过内陆地区,来到以弗所。在那里,他遇见一些信徒,……因此,所有住在亚细亚省的人,无论犹太人或外邦人,都听见主的道。"在剧中,伊秦为找寻失散的亲人,从叙拉古启程,最后在以弗所落脚。

保罗在以弗所遇到了一些到处招摇、驱邪赶鬼的犹太人,由此,为增加更多笑料,莎士比亚把"驱邪赶鬼"的差事交给品奇博士(教士兼驱魔者)。品奇直到第四幕第四场,才第一次亮相。阿德里安娜认为丈夫着魔发疯,把品奇请来,要把附在丈夫体内的魔鬼驱逐出来。品奇从以弗所的德罗米奥的言谈判断,这位仆人也精神失常。众人动手,将主仆二人"捆在一起,丢进家里一间又黑又潮的地下室",直到以安"用牙咬开绑绳,获得自由"。见到公爵,两对孪生兄弟的"双倍喜剧"才真相大白。

除此,显而易见,莎士比亚把《新约·以弗所书》第五章中"夫妻的关系"一节,拆成两部分,将"妻子凡事应顺服丈夫"这部分用来塑造露西安娜,把"做丈夫的,你们要爱自己的妻子"这部分反向塑造以弗所的安提福勒斯——阿德里安娜的丈夫、露西安娜的姐夫。

先看前者,剧中,第二幕第一场,阿德里安娜在家中向妹妹抱怨丈夫四处闲逛,不按时回家吃饭,露西安娜一面劝慰"因为男人做生意总出门在外",一面晓之天经地义之理。

这无疑是《新约·以弗所书》的"莎剧"版。

再看后者,剧中,以弗所的安提福勒斯完全是个不顾家、不爱妻子的丈夫,第二幕第一场,阿德里安娜向露西安娜抱怨。随后,第二场戏里,阿德里安娜错把叙拉古的安提福勒斯认成丈夫,开口便以一大段独白直接开怼。

在此,若把这顿抱怨与《新约·以弗所书》做一对比,不难体会出莎士比亚暗藏其中的调侃甚至反讽。

第三幕第二场,在以弗所的安提福勒斯家门前,露西安娜错把叙拉古的安提福勒斯当成"姐夫",好一通体贴的规劝。不明就里的叙安直接向"小姨子"求爱。结果可想而知:"小姨子"以为"姐夫"疯了。

"错误"造成"喜剧","喜剧"因"错误"加倍,这是莎士比亚早期喜剧最擅用又最有效的手法。

莎士比亚把以弗所设定为剧情发生地,除了有《新约·以弗所书》和《新约·使徒行传》这两个内因,还有一个不容忽视的强大外因:伊丽莎白时代的英国人对以弗所这座历经古希腊、古罗马时代的城市十分熟悉,它是世界级的大港口,也曾作为古代世界七大奇观之一的古希腊神话中狩猎、战争、月亮、贞洁女神阿尔忒弥斯(Artemis)的——古罗马神话中的狄安娜(Diana)——神庙,远近闻名。

### (五)伊秦的故事

普剧《孪生兄弟》是莎剧《错误的喜剧》的主要来源,却非唯一。如乔纳森·贝特在其《错误的喜剧·导论》中谈及取材来源说,剧中"因错认一个奴隶引起夫妻误会,造成主人被关在自家门外,这个剧情来自普劳图斯另一部戏《安菲特鲁奥》(Amphitruo)。但把两对长相一样的孪生兄弟合在一起,为莎剧独有。遭遇海难与亲人失散/找寻的主题,或源自传奇故事传统,这可追溯到'泰尔的阿波罗尼奥斯'的故事,这个故事是莎士比亚后期与人合写的戏《泰尔亲王配力克里斯》(Pericles)的主要来源"[1]。

剧中"伊秦的故事",即乔纳森·贝特所说"遭遇海难与亲人失散/找寻的主题",它来自一篇中世纪流行的短篇小说《泰尔的阿波罗尼奥斯》,它以多种形式存于多种语言,文本被认为由一份古希腊手稿翻译而来,现已失传。有人认为,这是一部伪造的古希腊传奇剧;也有人认为,这是三世纪希腊的一部浪漫小说。该故事于六世纪末由拉丁语诗人、圣歌作者圣维南蒂乌斯·福尔图那乌斯(Saint Venantius Fortunatus,530—600)在其颂歌集《卡尔米纳》(Carmina)中被首次提及。

这部作品虽有许多版本,情节却几无变化,讲述与作品同名的英雄阿波罗尼奥斯在揭露安提阿(Antioch)的安提奥卡斯(Antiochus)与女儿的乱伦关系之后,遭到追杀和迫害。经多次旅行、冒险,阿波罗尼奥斯与妻子、女儿失散,以为妻女双亡,最后在不可能的情形或众神调解之下,终与家人团聚。在一些英语版本中,阿波罗尼奥斯遭遇海难,成为一位公主的家庭教师,公主爱上他,善良的国王逐渐发现女儿的心愿。作品主题是对不当性欲的惩罚——乱伦的国王总不会有好下场——以及爱与忠诚终得回报。

英国出版商、编辑、作家查尔斯·奈特(Charles Knight,1791—

---

[1] *The Comedy of Errors · Introduction*, Jonathan Bate & Eric Rasmussen 编,外语教学与研究出版社,2008年,第217页。

1873)于1849年在《莎士比亚研究》上(*Shakespeare Studies*)发文指出:"再没什么比伊秦叙述得更动情,或更莎士比亚化。这段叙述如此清晰,给人印象如此深刻,使读者在随后而来的所有误会和困惑中,始终不忘。像读者/观众一样,听过这段叙述的公爵在剧情快结束时,立刻发现了事实真相:'哎呀,这跟他早上说的故事正好对上。'

"读者/观众早已明白真相——这定是注意力集中的结果。否则,人物可能会像半睡未醒时梦见虚空阴影一样分辨不清。……在我们看来,如果《错误的喜剧》的每一名观众睁大眼睛,在对两个安提福勒斯和两个德罗米奥有所了解之后,就能找到某种线索,发现每个人不同之处。"①

一言蔽之,莎士比亚把泰尔的阿波罗尼奥斯的故事,改写成剧中的"伊秦的故事"——海难中与妻子艾米丽娅和一个儿子失散,十八年后开始四处寻找,终在以弗所与家人团聚;把普劳图斯《孪生兄弟》剧中一对孪生兄弟的故事,提炼成莎剧中两对孪生兄弟的剧情;再把普劳图斯《安菲特鲁奥》中的"夫妻误会"移花接木,三合一,《错误的喜剧》遂大功告成!

## 三、"错中错"里的滑稽欢闹

### (一)哈罗德·布鲁姆眼里的《错误的喜剧》

美国著名文学理论家、"耶鲁学派"批评家哈罗德·布鲁姆(Harold Bloom,1930—2019)在《莎士比亚:人类的发明》(*Shake-*

---

① 张泗洋主编:《莎士比亚大辞典》,商务印书馆,2001年,第336页。

speare: The Invention of the Human)一书中,论及的第一部莎剧就是《错误的喜剧》:

"《错误的喜剧》在所有莎剧中篇幅最短、场景最统一,许多学者认为它是莎士比亚第一部剧作,我对此表示怀疑。它在剧情、早期角色和编剧才能上显出如此技巧,远在《亨利六世》三联剧和相当蹩脚的喜剧《维罗纳二绅士》之上。诚然,在喜剧上,莎士比亚从一开始就自由地做他自己,反之,马洛的阴影使其早期剧作(包括《理查三世》)和《提图斯·安德洛尼克斯》黯然失色。不过,就算承认莎士比亚的喜剧天赋,阅读或表演《错误的喜剧》也不像学徒作品。它是对罗马喜剧作家普劳图斯的一种极为复杂的细化(和改进),我们的戏迷大多通过改编的音乐剧《市场路上趣事多》(又译《春光满古城》——笔者注)获知普劳图斯。罗杰斯(Rogers)和哈特(Hart)的《叙拉古男孩》(The Boys from Syracuse)以《错误的喜剧》为素材,对莎士比亚本人进行出色改编,与科尔·波特(Cole Porter)此后利用《驯悍记》创作《凯特吻我》(Kiss Me Kate)如出一辙。

"(剧中)这些常被引用的台词,与我们通常视《错误的喜剧》为一部纯粹喧闹滑稽戏的第一印象不符,恰如伊秦之悲叹显然超出预期的滑稽戏情形。

"以弗所的安提福勒斯与其叙拉古的孪生兄弟相比,并非极有情趣之人,莎士比亚将关注点选在他身上。某种程度上,在我们看来,叙拉古的安提福勒斯得益于他的困惑:以弗所的陌生感。鉴于《新约·以弗所书》提及此处之'邪术'(curious arts),有圣经意识的观众会想,这座城(尽管显然是莎士比亚的伦敦),似乎是一个巫术之地,一种凡事都可能发生的奇境,对游客尤其如此。叙拉古的安提福勒斯进入以弗所之前已迷失自我,随着剧情发展,几乎丢掉自我认同感。

"也许一切滑稽戏都暗含形而上学;与普劳图斯不同,莎士比亚将这种不安公开化。《错误的喜剧》走向疯狂的暴力,但在其中,除了冒牌的驱魔者品奇博士,没人受伤。在这部戏里,没有人,甚至观众,能获准弄清真相,直到结尾时,一对孪生兄弟并肩站在一起。莎士比亚没给观众任何暗示,以弗所修女院院长(想必是狄安娜神庙的女祭司)是安提福勒斯失散的母亲,直到她选择亲口宣布。假如愿意,我们会感到纳闷,为何她在以弗所待了二十三年,却未向住在此地的儿子告知身份,但这无关紧要,就像纳闷在叙拉古的男孩抵达那一天,这对孪生兄弟怎么会、为何会在穿着上刚巧完全一样。这一特性为《错误的喜剧》所独有,在此处,不大可能和不可能之间的界限变得非常鬼魅。

"这部实则且肯定充溢着乐趣的激烈短剧,也是莎士比亚重塑人类的起点之一。一部滑稽戏中的角色,几乎不可能出现在一个圆形舞台的内场,即便在莎士比亚创作初期,体裁也从未限制住他,何况,叙拉古的安提福勒斯堪称一幅对即将到来的自我深渊的描绘的图画。在《错误的喜剧》中,你不会为找寻自我而丢失自我,这几乎是一则基督教寓言。

"叙拉古的安提福勒斯为重新找到自我坠入爱河,预示着将在《爱的徒劳》里遭善意挖苦的情爱模式。《爱的徒劳》中,风趣的俾隆将莎士比亚在《错误的喜剧》中回避的基督教悖论世俗化。

"叙拉古的安提福勒斯爱露西安娜,不为履行律法,甚至不为自己失去的存在,而是为实现转变,造就新人。莎士比亚没让我们在这悲哀里徘徊,而是在叙拉古的安提福勒斯和德罗米奥的交谈中叫我们欢喜,两人谈起厨房女佣内尔,内尔把以弗所的德罗米奥同来访的叙拉古的德罗米奥搞混了。内尔是个腰围惊人的厨娘,撩人生出非凡的地理猜测:

"这一令人叫好的杰作是《错误的喜剧》的缩影,剧中的笑声始终是善意的。亲人相认那场戏,堪称莎士比亚日后成为非凡队伍中之一员的头一场戏,它使震惊的以弗所公爵做出剧中最深刻的反思:'俩人一模一样,哪个是真人肉身,哪个是神灵?谁分辨得出来?'虽不能称叙拉古的安提福勒斯是他兄弟的守护神或相伴的神灵,但对公爵提出的问题,一个可能的回答是,眼光敏锐的戏迷能在这位外乡人身上找到灵魂,在这位以弗所商人身上找到自然人。莎士比亚在此处使用了省略技巧,没给重逢的两个安提福勒斯任何情感上的反应。叙拉古的安提福勒斯吩咐他的德罗米奥:'拥抱你兄弟,与他同欢喜。'而后同自己的兄弟一起离开,没有拥抱或欢喜。无疑,叙拉古的安提福勒斯对追求露西安娜更感兴趣,恰如以弗所的安提福勒斯希望回归于妻子、房子和商品。尽管如此,安提福勒斯两兄弟的冷淡或冷静,与德罗米奥兄弟俩迷人的团聚形成鲜明对比,在此对比之下,莎士比亚让他这部喜剧甜美收场。

"这两个长久遭罪的小丑,在整部戏里,没少挨安提福勒斯两兄弟痛打,观众见他们在如此高度兴奋中离开,欢欣鼓舞。让《错误的喜剧》背上社会政治或其他当下意识形态的负担,将是愚蠢的,不过,莎士比亚从一开始就喜欢小丑胜过商人,仍令人感动。"①

**(二)《错误的喜剧》：喜剧，还是闹剧？**

莎士比亚编写喜剧，从模仿普劳图斯起步，单拿《错误的喜剧》来说，十分符合这样一个公式：普剧《孪生兄弟》（一对孪生兄弟的故事）+普剧《安菲特鲁奥》（伊秦的故事）+"泰尔的阿波罗尼奥斯的故事"=莎剧《错误的喜剧》（两对孪生兄弟的故事+伊秦的故事）。

不过，英国莎评家内维尔·考格希尔（Nevill Coghill, 1899—1980）在其《莎士比亚喜剧的基础》（*The Basis of Shakespeare Comedy*）一书中强调："他（莎士比亚）在喜剧方面最初想学的是普劳图斯。然而重视诗体的人，在以《错误的喜剧》和它的出处《孪生兄弟》做对比时，便会发现二剧之间在形式与内容上有多么大的分歧。《错误的喜剧》不只把一对孪生兄弟改成两对；而且，莎氏剧的开头和结尾都和普劳图斯不同；此外，莎氏又添进一种柔情：喜剧至今才有了爱情。事实上，莎氏把故事给中古化了，开始是忧虑，结果是欢腾。本剧大胆地以一个男人被拉出去将处以死刑为开端；这是本剧的一个重要角色，安提福勒斯两兄弟的父亲伊秦；普劳图斯不曾有这样开场。公爵推迟处死伊秦，不过，伊秦虽不在台上，直到最末一场戏都处在死刑威胁之下。但在伊秦又被拉出来将要行刑时，突然出现一个不大可能的修女院，从里面又走出一个不大可能的院长嬷嬷，尤其不大可能的，这个女人正是伊秦失散多年的妻子和两个安提福勒斯的母亲。

---

① Harold Bloom, *Shakespeare: The Invention of the Human*, The Berkley Publishing Group, pp.21-27.

正是她救出伊秦,使两兄弟重新聚首。她也是莎士比亚的发明,并把困境变成皆大欢喜。最后一场聚拢来全剧人物,并以欢欣鼓舞的气氛作结,成为以后喜剧的模范,结束时整个舞台充满快乐的人。舞台世界进入欢腾,观众的世界也随之欢腾起来。

"《错误的喜剧》的主要内容是关于认错人的笑话,但其中也有细腻的爱情描绘(这是普劳图斯喜剧所没有的),并有浪漫的附带情节——叙拉古的安提福勒斯和露西安娜之间的恋爱:

> 教会我,可爱的生灵,该怎样想、怎样说;
> 打开我泥土般愚钝的理解力,
> 过错、软弱、浅薄、无力,憋在里面,
> 您言谈中藏着难解的用意。
> 针对我灵魂的纯洁信仰,您为何要
> 费力把它弄到一个未知的地界游荡?
> 您是一个神?莫非要把我重新创造?
> 那改变我,我将顺从您的力量。①

"这些,莎氏用中古时代的幻想改变了罗马文艺里的呆钝笑话。这是莎士比亚最早的喜剧。"②

考格希尔言外之意,莎翁比普公更高明,其实,真没必要不

---

① 此处所引第三幕第二场中叙拉古的安提福勒斯向露西安娜浪漫求爱的独白,为笔者新译。

② [英]内维尔·考格希尔《莎士比亚喜剧的基础》,殷宝书译:《莎士比亚评论汇编》(下),中国社会科学院外国文学研究所外国文学研究资料丛刊编辑委员会编,中国社会科学出版社,1985年,第261—263页。

认莎翁模仿普公这笔账。比较而言,考格希尔远不如前辈实诚,英国浪漫主义时期著名散文家、莎评家威廉·赫兹里特(William Hazlitt, 1778—1830)在写于1817年的《莎士比亚戏剧人物论》(*Characters of Shakespear's Plays*)一书中毫不讳言:"这部喜剧很大程度源于普劳图斯的《孪生兄弟》,没什么改进,莎士比亚好像没花多大力气,不过其中有几段明显打下他的天才印记。他似乎依赖原作者,并对复杂剧情感兴趣,虽说剧情不属于最令人愉快的那类,但所能引起的惊奇肯定非常巨大。尽管它给出一个谜,捉弄我们,但我们还是想解开。阅读剧本,由于两个安提福勒斯和德罗米奥名字完全相同,人们见到他俩时又总是搞错,若注意力不集中,心里很难将两组人物分开。此外,他们在舞台上第一次出场,形象、服饰一模一样,一定同样令人困惑,否则,所设想的外在同一即遭破坏。好在有些线索可解决这一难点:不同角色一旦开口说话,仅凭他们引起的现实矛盾,仍能分清谁是谁。当看到其他人更深地陷入困惑、误会,且几乎不可解时,我们的心理便得到补偿。——除开其他考虑,该剧并不能使我们为莎士比亚不是所谓古典学者感到太大遗憾。我们认为,他的'长处'大概不在模仿或改造别人的创作,而在于自己的创作,并完善它。"①

在此,由赫兹里特所言,考格希尔完全有理由替莎翁做进一步拔高或升华,即莎翁凭借出手不凡的"天才印记",走出了一条属于"自己的创作"——叫"编创"更妥帖——之路。但很显然,

---

① 张泗洋主编:《莎士比亚大辞典》,商务印书馆,2001年,第335页。

莎士比亚超越前人在步入成熟之后,早先模仿学步、挪用嫁接的痕迹历历可见。

然而,深谙演戏为何物的莎士比亚,懂得如何以一个醋坛子老婆——以弗所的安提福勒斯的妻子阿德里安娜——串联起整个戏剧结构。换言之,阿德里安娜是全剧的灵魂人物,她若不是一个性情泼悍、行事鲁莽的主妇,在第二幕第二场以弗所广场那场戏里,错把叙拉古的安提福勒斯认成丈夫,硬拉回家吃饭;同时把叙拉古的德罗米奥当成自家仆人并命他看好家门谁也不许进,便显得不十分合理。而剧中全部"错中错"均源于此,错开了头,一发不可收。这恰是莎士比亚超越普劳图斯之处。难怪英国莎学家亨利·巴克利·查尔顿(Henry Buckley Charlton, 1890—1961)在其《莎士比亚喜剧》(*Shakespearian Comedies*)一书中指出:

"阿德里安娜毫无疑问是一个彻头彻尾的泼妇、悍妇、恶妇,她把仆人的脑袋都打裂了口,尽管这并未在剧中给其性格增添特色。第五幕第一场,当她叙述自认亲眼所见的事情时,充满想象,超越实情,让公爵看到一场扩散谣言的表演。不过,在剧尾,这位悍妇并没想象得那么令人难堪,人们不可能记不住那位一本正经谴责阿德里安娜之泼悍的修女院院长,与普劳图斯剧本中的情形一样,这位院长是阿德里安娜的婆婆,并非生母。她丈夫也没因她的脾气心智过多受扰。一个人骂妻子是'骗人的娼妓',威胁要挖出眼睛,由此产生家庭矛盾,这不是一个感情丰富的人。他脸皮很厚,足以保护自己。确实,一般来说,《错误的喜剧》中描绘的生活气氛太粗暴、太粗俗、太野蛮,以至于阿德里安娜的错误好像并非出于泼悍,而是没有巧妙运用好泼悍。"①

其实,这恰恰是莎士比亚"巧妙运用好"了阿德里安娜的"泼悍"! 否则,喜剧的热闹从何而来? 英国莎学家埃德蒙·钱伯斯爵士(Sir Edmund Chambers,1866—1953)在其《莎士比亚概览》(*Shakespeare: A Survey*)一书中指出:"从某一角度看,《错误的喜剧》可以定为喜剧,但就整体而言,这个标签并不适用。因为正如我指出过的,在伊丽莎白时代精神的激励下,伦理因素——不亚于浪漫因素——被引入原作。除去这些修饰成分,巧妙织成的两对孪生兄弟相貌相似及来到同一城市互不相识的偶然事件不断发生,由此引起的兴趣本身即完全构成部分剧情。主题思想虽通过这一技巧表现出来,对此却不能过分赞扬。无可否认,这方面在《孪生兄弟》原有构思上做了许多改进,两个安提福勒斯之外,又增加两个德罗米奥,这就产生了四种误会的可能性。错误一个接一个,玩笑也更多、更热烈。如果说莎士比亚本人对普劳图斯的结构做了重新处理,那他已称得上一位舞台技巧大师。看看它的明显特征,我们可把这种特殊的戏剧形式称为闹剧,而非喜剧。"②

为何要把闹剧、喜剧分开?《错误的喜剧》实则是一部喜闹剧,称之闹喜剧,亦无不可。

---

① 张泗洋主编:《莎士比亚大辞典》,商务印书馆,2001年,第336—337页。
② 同上,第336页。